LE TANGO DES ASSASSINS

Née à Paris un 12 novembre, Maud Tabachnik exerce pendant dix-sept ans son métier de kinésithérapeute-ostéopathe avant de se consacrer à l'écriture. Son premier roman, *La Vie à fleur de terre*, est publié chez Denoël en 1991. Elle est ensuite éditée par Viviane Hamy à qui elle offre des romans noirs tels que *Un été pourri*, *La Mort quelque part*, *Fin de parcours* et *Gémeaux*. Elle s'intéresse ensuite au thriller à dimension géopolitique et écrit *Les Cercles de l'enfer* et *L'empreinte du nain* chez Flammarion. En 1999, elle s'essaie, avec succès, au scénario de bande dessinée et publie, en collaboration avec Toshy, *Groupe Tel-Aviv*, aux Éditions du Masque.

Paru dans Le Livre de Poche :

LA MÉMOIRE DU BOURREAU

MAUD TABACHNIK

Le Tango des assassins

ÉDITIONS DU MASQUE

© Maud Tabachnik
et Éditions du Masque – Hachette Livre, 2000.

PROLOGUE

Maria-Ana Gutierez-Cabrerra, plus connue de ses amis sous le diminutif de Nina, descendit rapidement les marches du perron du bâtiment qui abritait la bibliothèque de la section Droit et Justice de l'université de Berkeley.

Les bras encombrés de chemises cartonnées, son porte-documents en équilibre instable au sommet de la pile, elle se faufila au milieu des groupes d'étudiants bavards. Elle traversa la pelouse vers le parking, en coupant par le petit bois de chênes que le soleil de fin d'après-midi transperçait de langues cuivrées qui transformaient la mousse des pieds d'arbres en rêve d'orpailleur.

Elle se reprocha de s'être garée sur le parking des administratifs, plus éloigné de l'université que celui des professeurs, alors qu'elle savait qu'elle serait chargée.

Sa Jeep était seule avec une autre voiture, et instinctivement elle jeta un coup d'œil anxieux vers l'immense parc, sombre et profond, qui entourait les bâtiments.

Elle ouvrit la portière de sa Jeep, s'installa et démarra.

1

J'entends la voiture de Nina arriver plein pot. Nina conduit, d'après ce qu'on m'a dit, comme ses compatriotes argentins. Si vous êtes allé à Buenos Aires et que — par distraction — vous êtes monté dans un taxi qu'on appelle là-bas un *tachos* et si vous êtes toujours de ce monde, vous comprendrez ce que je veux dire. Nina sait qu'elle a des freins, les *Portenos* aussi, mais ils ne s'en servent qu'en toute dernière extrémité.

J'entends son pas claquer sur la terrasse et je lui ouvre la porte. Bien m'en prend, car elle titube sous une pile de dossiers qu'elle balance sans vergogne sur le canapé.

— Ouf! dit-elle en se laissant choir à côté, je suis rompue!

Je file à la cuisine lui chercher un verre de citronnade glacée et le lui tends, comme je le ferais pour un rescapé du Sahel. Elle l'avale en fermant les yeux de bonheur, et je me surprends à penser que seuls les gens du Sud savent vous faire sentir la sensualité de la vie.

— Merci, *querida mia*, murmure-t-elle en appuyant le verre froid contre son front.

Je m'étonne.

— Que se passe-t-il? On dirait que tu sors d'un four! Il fait chaud, mais pas plus que d'habitude.

Elle ouvre les yeux et m'adresse un sourire torve.

— J'ai passé l'après-midi avec des gens de l'Unesco, et en particulier les responsables d'« Enfants dans la guerre » : ce ne sont pas des rigolos.

Je m'assois à côté d'elle et l'embrasse.

— Le sujet ne l'est pas.

— D'autant moins, réplique-t-elle en me rendant distraitement mon baiser, qu'ils m'ont chargée d'aller en Argentine, enquêter sur la disparition des enfants dont les parents ont été tués pendant le règne de Videla. Jusque-là, seulement cinquante-huit d'entre eux ont pu être repérés.

— En Argentine !

— Comme je te le dis. Missionnée par l'Aide internationale pour retrouver la trace de ces enfants.

— Attends, qu'est-ce que tu racontes ? On sait parfaitement que les trois quarts de ces gosses ont été adoptés par ceux-là mêmes qui ont assassiné leurs parents !

— Oui... et je dois apprendre qui ils sont et où ils sont.

— Mais pourquoi ? Vingt ans après, tu crois que les bourreaux de l'époque vont te recevoir avec des petits fours, te conduire auprès d'eux et leur balancer : « Si je vous révèle que j'ai brûlé les seins de votre mère et accroché des électrodes aux couilles de votre père, dites à la dame que vous nous aimerez quand même ? »

Elle hausse les épaules en soupirant.

— Je te signale que je suis expert auprès du Tribunal international de La Haye pour les crimes de guerre. Donc parfaitement habilitée à enquêter sur cette ignominie : que des salopards ont tué des parents et volé leurs enfants. Au moins trois cents bouts de chou élevés dans le secret de leur vraie famille, et qui croient dur comme fer que le colonel

Tartempion ou le commandant Machin-chose sont leurs géniteurs !

— Alors tu te ramènes, la mine enfarinée, pour dire à ces ex-bouts de chou — à présent en âge d'en avoir —, que ceux qui les ont élevés sont tout, sauf ce qu'ils croient ? Sais-tu également que ces mômes sur le carreau ont été vendus à des gens fortunés en mal de reproduction ? Ceux-là aussi, tu vas aller les voir ?

Elle se lève brusquement et plante son regard de feu dans le mien, interloquée.

— Donc pas de vagues, grince-t-elle, on laisse faire ? Ces assassins ont tué des gens, volé leurs gosses, se sont fait des couilles en or avec ce trafic, mais motus et bouche cousue ?

— Attends ! Ils n'ont même pas été condamnés par ce macho de Carlos Menem, au pouvoir depuis dix ans ! Amnistie, tu sais ce que ça veut dire ? Tu débarques avec tes gros sabots et tu espères qu'ils vont te dérouler le tapis rouge ?

— Je n'y vais pas comme journaleuse d'un canard à sensation qui veut faire pleurer Margot avec des histoires d'enfants battus, martèle Nina, j'y vais comme enquêtrice officielle d'une organisation reconnue, tu vois la différence ?

— C'est moi que tu traites de journaleuse de canard à sensation ?

— Sur la tête du voleur, le chapeau brûle ! Pourquoi dirais-je ça pour toi ? Toi, on sait que tu mènes tes enquêtes sans jamais prendre de risques ! Ce n'est pas parce qu'un serial killer te laisse à moitié morte, en plein désert, au milieu d'un nuage de mouches[1], ou que nous échappons d'extrême justesse au couteau d'un psychopathe grâce à un flic pas trop crétin[2], que

---

1. Voir *Le Festin de l'araignée*, du même auteur, Éditions Viviane Hamy.
2. Voir *Gémeaux*, du même auteur, Éditions Viviane Hamy.

j'irai te reprocher quoi que ce soit. Alors, moi, je fais ce que je veux !

Voilà. Ça se termine toujours comme ça. Dès que je veux faire entendre la voix de la raison et de la modération, l'adorable Nina se souvient qu'elle est née au pays des gauchos.

J'acquiesce mollement :

— Mais, effectivement, tu fais ce que tu veux. Ce que j'en disais, c'était pour t'éviter des surprises. Tes compatriotes ne sont pas des tendres !

Je n'ai pas fini ma phrase que je la regrette déjà. Les yeux de Nina — qui jusque-là charriaient des brandons enflammés — deviennent cycloniques.

— Mes compatriotes ne sont pas des tendres ? Qu'est-ce que ça veut dire ? Ce sont des sauvages, des brutes ? Tu sais combien on a eu de prix Nobel dans ce siècle ? Cinq ! Et pas des prix de gymnastique ! Et la littérature ? Borges, Cortázar, Copi, Mordillo, Quino, Norah Lange, Victoria Ocampo, Alfonsina Storni, c'est quoi, de la daube ? Carlos Gardel, Piazzola, c'étaient des musiciens du dimanche ? Et je ne parle pas des sportifs !

Je me risque.

— Carlos Monzon, le champion de boxe ? Celui dont les petites amies dépensaient leur argent de poche en escalopes, pour rafraîchir les hématomes qu'il leur collait ? Maradona, dont le nez ressemble à un tunnel à coke ? Quant à Gardel, il est né à Toulouse, en France.

— Tu sais ce que tu es ? Une middle-class américaine bien digne d'être née dans le même pays que cet enfoiré de procureur Starr !

2

Pour ceux d'entre vous qui seraient des cinéphiles avertis, on reconnaît les équipages d'Aerolinas Argentinas au fait que tous les hommes ressemblent à Pedro Armendariz ou le voudraient, et toutes les femmes à Maria Montez, ou le souhaiteraient.

Le ban et l'arrière-ban du laboratoire de Nina se sont déplacés à l'aéroport pour lui souhaiter bon voyage. Un homme maigre, pâle et déjà chauve, habillé façon Floride d'un pantalon à carreaux et d'une chemisette à fleurs, s'approche d'elle et, tout sourires, lui en présente un autre, brun, rond, chevelu, vêtu comme un gaucho — le sombrero en moins. Ils parlent ensemble un moment, mais comme la bibliothécaire du département de Nina me déverse dans l'oreille une somme de récriminations diverses, je n'entends pas ce qu'ils se disent. De toute façon, tout le monde est très joyeux et très bavard. Ce départ tient un peu de la colonie de vacances.

— Stanley Warner et Ruiz Estrella, qui seront mes assistants, m'annonce Nina en me présentant les deux prix d'élégance. Tu vois, je suis en bonne compagnie.

On se serre la main cordialement. Je suis contente que Nina ne soit pas seule. Et quand je vois l'aura d'amitié et de respect qui l'entoure, je comprends l'assurance qu'elle manifeste en toutes occasions.

Heureusement que l'on s'est dit au revoir à la maison, parce que je suis bientôt reléguée au rôle de chauffeur et de groupie. Les adieux n'en finissent plus, les recommandations et les conseils pleuvent, et je me rassérène en constatant que Nina ne part pas sans biscuits.

Une semaine déjà qu'elle m'a annoncé son départ. Quinze jours de voyage au minimum. Pendant ce temps, elle a étudié les dossiers à vérifier et a pris contact avec les gens à rencontrer. Elle a paru surprise en s'apercevant que certains d'entre eux ne manifestaient pas un enthousiasme délirant à la pensée de la piloter auprès des ministères concernés. Mais son dynamisme compensait.

On arrive à s'isoler quelques minutes avant le décollage pour d'ultimes conseils de prudence réciproques.

— Je t'en prie, *querida mia*, pendant mon absence, n'accepte que des reportages faciles, m'enjoint-elle.

— Écoute, je suis actuellement sur une enquête concernant les divorces et la garde des enfants. À part me faire agresser par un père frustré, je ne vois pas ce qui pourrait m'arriver de grave.

— Avec toi, on ne sait jamais ! Tu es parfaitement capable de tomber sur un géniteur dont les loisirs consistent à découper ses femmes en morceaux ou à manger ses petits-enfants.

— Et toi, ne va pas interroger toute seule d'anciens tortionnaires sur leurs loisirs à eux. Quoi que tu en dises, les Droits de l'homme — et surtout de la femme — ne sont pas la priorité du parti justicialiste de Carlos Menem, dont l'entourage n'a pas été épuré.

— Arrête de parler comme ça ! Qu'est-ce que tu crois ? Je vais en Amérique du Sud, chez moi, dans un pays que j'aime et que je connais ! Pas chez les anthropophages de Nouvelle-Guinée !

— Il n'y a plus d'anthropophages en Nouvelle-Guinée. En revanche, il y en a partout ailleurs !

Le *chairman* de son département vient la chercher, coupant court à notre discussion géopolitique. On s'embrasse ; je la regarde passer le contrôle et disparaître dans la passerelle sans se retourner. Les universitaires sont excités comme des enfants qu'ils n'ont pas tout à fait cessé d'être, et le *chairman* prend déjà les airs de celui sur qui retomberont les bénéfices. Après la publication de cette enquête, les crédits que son département recevra le feront vivre un bon moment, attireront des enseignants de renom, davantage d'élèves, et donc d'argent. Le côté maquerelle de nos universités ne m'a pas échappé, surtout quand il oblige ma Nina à crapahuter dans un pays que je ne sens pas. Je sais que le gouvernement américain ne s'est jamais montré enthousiaste pour enquêter sur le sujet, en raison des possibles retombées politiques et économiques. Difficile de faire bénéficier un pays de la clause de nation la plus favorisée si celle-ci n'a pas, comme c'est le cas, liquidé un lourd passé. À mon avis, elle ne devra pas s'attendre à énormément d'aide de la part de mes compatriotes.

J'y pense encore en roulant vers le journal où je dois terminer le fameux reportage sur les divorcés en guerre. Nina m'a laissé le numéro de téléphone de l'hôtel de Buenos Aires où elle installera son camp numéro un. Bien évidemment, elle sera amenée à se balader dans d'autres coins.

Nous sommes convenues que pendant ses pérégrinations et dans la mesure du possible, elle m'appellerait à la maison vers 7 heures du soir et me laisserait un message si je n'étais pas là.

— De toute façon, sauf imprévu, en général tu seras à la maison à 7 heures.

— Justement, sauf imprévu. Alors laisse un message et je te rappellerai sur ton portable.

Nina est aussi emportée que méfiante.

3

Quand j'arrive au canard, la nouvelle qui vient de tomber est que les Pakistanais vissent les derniers boulons de la bombe nucléaire qu'ils se préparent à balancer sur leurs voisins de palier indiens.

Quant à moi, j'ai trois messages de la même femme qui affirme que son mari a menacé de les tuer, elle et son enfant, si elle ne lui accorde pas un droit de visite. Je ne comprends pas pourquoi elle me dit ça — à moi ! — au lieu de prévenir son avocat et la police.

Avant que j'aie eu le temps de relever le pont-levis, Woody s'engouffre dans mon placard.

— Alors, elle est partie ? me demande-t-il avec un grand sourire.

— Ouais, elle est partie.

— Tu sais que les Argentins sont de grands baiseurs ?

— On le dit.

— Et qu'ils sont montés comme leurs taureaux ?

Woody n'est pas plus phallocrate qu'un autre. Plutôt moins, même. Par exemple, ça ne l'a jamais gêné de m'envoyer sur des coups où je risquais de m'en prendre plein la figure. Et quand j'ai obtenu le Pulitzer, il n'a pas eu la grosse tête. Mais il a du mal à avaler qu'une beauté comme ma Nina néglige l'essentiel du charme masculin.

— Je n'ai pas remarqué, dis-je.

— Tu n'as pas peur que, serrée dans les bras d'un beau gaucho et sur un air grinçant de bandonéon, elle s'abandonne à la sensualité andine ?

— Ça vous ferait cet effet-là ?

J'ai déjà dit que Woody avait autant d'humour qu'une paire de clés, et que je l'avais baptisé ainsi justement pour ça. Comme on nomme un yorkshire Sultan ou Hercule.

— T'es quand même une sacrée souris, grince-t-il en tournant les talons.

Vous vous demandez peut-être pourquoi je travaille avec lui, et vous avez raison. Mais lorsqu'on a écumé comme moi quelques rédactions de la côte Est, on se rend compte que pour un rédacteur en chef mâle, accepter une femme grand reporter est déjà un exploit. De toute façon, mon ambition est de travailler pour le *New York Times*. En attendant, j'engrange les *satisfecit*.

Je rappelle la malheureuse qui risque d'avoir la gorge tranchée par son mari *agacé*, et lui conseille d'en parler à son avocat.

— Mais il m'a dit que c'était du bidon ! hurle-t-elle. Qu'il n'interviendra jamais dans un si mauvais cas !

— Il appelle ça un « mauvais cas » ? Il connaît votre mari ?

— Non, mais il a l'habitude, continue-t-elle sur le même ton — qui m'oblige à éloigner l'écouteur de mon oreille. Il faut que vous en parliez dans votre journal ! Il n'y a que ça qui l'arrêtera.

— Que je parle de quoi dans mon journal ?

— Qu'il va me tuer si je ne lui laisse pas voir sa fille !

— Alors, accordez-lui ce droit.

— Jamais ! Je préfère mourir !

Je soupire et raccroche. Tant que l'avion de Nina

n'aura pas atterri, je n'aurai aucune patience envers mes contemporains.

J'envoie au marbre une queue d'article sur la pollution des plages de Frisco et décide de rentrer pour attendre le coup de fil de Nina. Il arrive plus tôt que prévu, à cause du décalage horaire. Je crie :

— Comment ça va ?

— Bien, très bien, me répond-elle sur le même ton.

On a beau être des fondues du téléphone, les premiers mots échangés avec un interlocuteur situé à quelques milliers de kilomètres font penser à un congrès de sourds — dans son sens littéral. Enfin on se calme, et elle m'explique qu'ils sont dans un très bon hôtel, le *Liberty*, au 632 Corrientès, près du centre ville. Je demande, classiquement :

— Quel temps fait-il ?

— Plus frais que chez nous ; c'est l'hiver ici, mais c'est relatif.

— Tu as déjà rencontré des gens ?

— Non, on est arrivés il y a une heure. J'ai eu le temps de défaire mes bagages et de prendre une douche.

Avec une parfaite mauvaise foi, je grommelle :

— Tu aurais pu m'appeler avant. On vous attendait à l'aéroport ?

— Heu... non, mais c'est sans importance, on savait où on devait aller.

In petto, je m'étonne de ce manque de courtoisie vis-à-vis d'une délégation officielle, mais n'en dis rien.

— Et ce soir, qu'est-ce que vous faites ?

— On devrait rencontrer le correspondant local de la commission des « Enfants dans la guerre ». Et toi, quoi de neuf ?

— Moi ? Rien, la routine. Woody t'envoie son bon souvenir et te conseille d'être prudente.

— Tu le remercieras de ma part.

— Oui. Bon, fais pas de zèle, tu changeras pas grand-chose à la saloperie de ce monde, et je n'ai pas envie de me faire du mouron.

— C'est toi qui me dis ça ? Quel culot ! Moi qui me ronge sans arrêt les sangs quand tu es en reportage !

On se chamaille encore un peu, mais on se souhaite plein de gentilles choses en s'en promettant de plus gentilles encore après son retour. J'ai un peu le cafard en raccrochant, sans vraiment savoir pourquoi.

Je m'installe sur notre terrasse avec un verre de tequila pour rester dans l'ambiance, et regarde jouer les phoques et les éléphants de mer qui ont squatté un amas rocheux, à quelques encablures de chez nous. Mais je me lasse bientôt de leurs facéties ; j'aimerais bien avoir un chien. Ce serait moins triste de parler avec lui quand Nina est loin. Elle a toujours refusé, à cause de l'esclavage sentimental que ça entraîne, dit-elle.

J'ai eu récemment des nouvelles de Rusty, le labrador de Boulder City[1] que j'ai connu il y a maintenant trois ans, et que le vétérinaire du charmant patelin avait recueilli. Rusty a été papa d'une portée de six chiots, et mon pote le véto m'a proposé d'en choisir un ou une. Ça a été Guadalcanal avec Nina. On a failli se séparer et j'ai finalement choisi de rester. Mais je lui en ai longtemps voulu.

« Tu es toujours par monts et par vaux, a-t-elle asséné, c'est moi qui serais obligée de m'en occuper ! Je ne veux pas sacrifier ma liberté !

— Mais ça veut dire quoi, sacrifier sa liberté ? Un chien c'est un compagnon, pas un maître !

— Si. Et je suis trop anxieuse, et toi aussi. On vivrait dans l'inquiétude permanente qu'il lui arrive

---

1. Voir *Le Festin de l'araignée*, du même auteur, Éditions Viviane Hamy.

quelque chose. Tu me prends assez la tête, je n'ai besoin de personne d'autre ! »

Une idée en entraînant une autre, penser à un chien me ramène vers la mère de mon ami Sam Goodman, qui s'est entichée il y a environ deux ans d'un mâtin de Naples de quelque quatre-vingts kilos, qu'elle a appelé Spartacus, en hommage au courage, avait-elle expliqué, de l'esclave thrace révolté.

Récemment, j'ai eu Sam au téléphone. Il était aux quatre cents coups, car sa mère venait de rompre avec son ami, brillant avocat divorcé d'un second mariage. Il se montrait jaloux de l'affection qu'elle portait à son gros toutou.

« Vous vous rendez compte, rompre une liaison amoureuse à cause de Spartacus ! s'est-il exclamé. À son âge !

— L'âge n'a rien à voir là-dedans, ai-je répondu, peut-être que Spartacus lui apporte davantage de satisfaction que son amoureux.

— Comment pouvez-vous comparer l'amour d'une bête à celui d'un homme ? a-t-il objecté, choqué.

— Je ne compare rien, Sam. Arrêtez seulement de décider ce qui convient ou pas à votre mère. Elle a sans doute ses raisons. En plus c'est son seul côté décalé, vous n'allez pas le lui enlever ! »

Mais j'avais eu beaucoup de mal à le consoler. Sam, je le savais, considérait Spartacus comme un intrus.

Je vais dans la cuisine et passe sous l'eau bouillante un plat tout préparé de pâtes aux petits légumes, secoue, ajoute du beurre et du fromage fondu, puis m'installe sur un coin de table pour manger à même la timbale. C'est infâme. Je balance le pot et je vais me coucher.

4

Au tribunal, c'est *La Guerre des Roses*. Je suis à la troisième chambre, spécialisée dans les divorces. En raison de mon enquête, j'ai eu l'autorisation d'assister aux séances de conciliation. Ou j'ignore le sens du mot conciliation, ou le juriste qui l'a pondu était atteint de trisomie 21. Dès qu'on leur donne la parole, les futurs ex-époux se balancent des injures dignes de figurer dans le *Guinness*. Plaquée contre le mur à l'écart du combat, je m'interroge sur ceux que j'ai devant moi, et qu'essayent de calmer les deux avocats, le juge et le greffier.

Il est blanc, elle est hispanique. Ça commence mal. Et ça perdure. Comment deux personnes qui ont partagé un amour qu'elles pensaient éternel, échangé des serments, des caresses, des baisers, des engueulades aussi, enfin tout ce qui fait le ciment d'un couple, et pour ces deux-là, conçu trois enfants, peuvent-ils en arriver à se détester autant et à faire remonter leurs reproches aux guerres médiques ? Trois rounds et un jet d'éponge plus tard, le couple est expédié. Ils vont divorcer.

Déprimée, je déambule dans les couloirs en prenant des notes et décide de rentrer à la maison. Hier soir, Nina m'a appelée pour me raconter sa première journée de rendez-vous avec des responsables. J'ai eu l'impression qu'elle était un peu déçue de leur abord.

Elle devait rencontrer aujourd'hui un jeune homme recueilli à l'époque dans une famille de militaires et, paraît-il, plus ou moins au courant de sa situation.

Avant de rentrer, je passe chez des amis qui viennent d'adopter un chien, un petit berger de trois mois : je me ridiculise sur le tapis pendant une bonne demi-heure.

À mon arrivée, trois messages m'attendent, mais rien de Nina. Il est pile 7 heures : je décide d'entamer la rédaction de l'article que je dois rendre le surlendemain. Au début, je surveille la pendulette ; puis, emportée par le boulot, je relève la tête pour m'apercevoir qu'il est 8 heures et que Nina ne m'a toujours pas appelée.

Mon papier terminé, je commence à tourner en rond dans la maison. Si elle m'avait téléphoné, je serais allée dîner chez Lily — la reine du travers de porc acheté chez le traiteur — qui réunit ce soir quelques amies.

Une demi-heure plus tard, je compose le numéro du *Liberty* et demande la chambre de Nina. Au bout d'un temps qui aurait suffi pour traverser l'Atlantique à la rame, on me répond que Mrs Gutierez-Cabrerra n'est pas dans sa chambre.

— Et ses amis ?

— Attendez, je vais voir.

— Non ! regardez simplement si les clés sont sur le tableau.

— Elles y sont, me répond le standardiste.

— Une seconde. J'ai attendu plus de dix minutes que vous me donniez le renseignement pour Mrs Gutierez : vous êtes monté voir ou vous avez regardé le tableau ?

— J'ai regardé le tableau, me répond-il d'un ton sec. Je m'excuse, mais vous n'êtes pas la seule dont je doive m'occuper.

Et il raccroche.

En temps normal, je me serais offert le luxe de le rappeler pour l'engueuler, mais là, j'ai une autre priorité. Nina connaît mon anxiété naturelle et ne joue jamais avec. Elle a un portable et pouvait donc m'appeler de n'importe où. Je fais son numéro et on me répond que pour l'instant, il est occupé. Je respire.
Occupée, donc vivante.
Du coup, j'appelle Lily pour m'inviter et elle me dit qu'il est juste temps que j'arrive car il ne reste que du riz cantonais. En revanche, la bande de Lila est là et il y a une ambiance formidable. Je tique. La bande de Lila se compose généralement d'une douzaine de créatures du beau sexe, interchangeables, adeptes du bondage, *stoned* en permanence, cuir, vinyle et bottes, casquettes griffées tête de mort, tout ce que j'aime. Je lui réponds de finir le riz sans moi avant de raccrocher.
Je rappelle le portable. Toujours occupé, me répond la voix asexuée de l'hôtesse virtuelle. Je regarde ma montre. Une demi-heure. Même pour Nina, c'est long.
J'étale je ne sais quoi entre deux tranches de pain de mie et me colle dans le transat face à la plage. Bon, je vous décris brièvement le paysage : c'est beau. Mais la beauté, c'est comme tout, on s'en lasse.
La dernière bouchée avalée, je fais une ultime tentative. À présent, ça ne répond même plus. J'essaie de me persuader que le fourmillement de mes orteils ne correspond à rien de logique. Nina n'est pas partie en Patagonie, mais à Buenos Aires, où les Portenos affirment que Dieu lui-même est argentin. Je ne connais pas la capitale de l'Argentine : il paraît que seuls ses habitants la trouvent belle, mais qu'ils s'empressent de la fuir dès qu'ils le peuvent. Ce n'est pas mon problème.
Je rappelle l'hôtel ; le portable peut s'être déchargé ou je ne sais quoi... Mais on me répond, plus rapidement cette fois, que Mrs Gutierez n'est pas rentrée.

— Et ses amis ?
— Ses amis non plus.

Ça me rassure. Ils doivent tous être en train de faire la fête et tangoter à qui mieux-mieux. Avec, en tête, la réflexion de Woody, je vais me coucher.

5

Il n'est pas 7 heures quand je me réveille. J'ignore quel est le décalage horaire avec l'Argentine, mais je rappelle aussitôt. Dans l'ordre, le portable — qui continue à être déconnecté — et l'hôtel, où l'on m'apprend que les membres américains ne sont pas rentrés.

Membres américains ! Deux d'entre eux sont argentins. On parle bien des mêmes personnes ?

On parle bien des mêmes.

Avec les boyaux qui font des nœuds dans mon estomac, je cherche fébrilement le numéro du *chairman* de Nina.

— Allô ? demande une voix peu amène.

Il est 7 heures un quart. Il devait être en train de faire pipi.

— Allô, pardonnez-moi de vous déranger si tôt, mais je suis l'amie de Maria-Ana Gutierez et je cherche à la joindre depuis hier. Ni elle ni ses assistants ne sont rentrés cette nuit à l'hôtel...

Il y a un grand blanc à l'autre bout et je repasse la phrase dans ma tête.

— Et alors ?

— Alors... j'étais inquiète...

Nouveau grand blanc. Il doit être en train de se gratter le ventre.

— Il ne faut pas, lâche-t-il dans un mini-soupir,

Mrs Gutierez a peut-être dormi ailleurs (et là, il place un autre grand blanc lourd de sous-entendus)... Ou alors, elle a été obligée de quitter Buenos Aires dans le cadre de son enquête.

— Probablement, en conviens-je, me rendant compte d'un coup du ridicule de ma démarche.

La vie de Nina n'est sûrement un secret pour personne, et cette espèce de poseur, spécialiste du droit du XVIIIe siècle, auteur pour quelques revues spécialisées de communications qui ont intéressé moins de trois personnes dans le monde, doit se fendre la pêche en imaginant que je m'inquiète parce que je suis jalouse. Car évidemment, une femme c'est jaloux, alors deux ! Néanmoins, j'insiste :

— Vous devez l'avoir au téléphone aujourd'hui ?
— Aujourd'hui ? non. Elle ne doit appeler qu'en cas de difficultés ou si elle a besoin de renseignements supplémentaires. Vous savez, chère Mrs Khan, ricane-t-il, Mrs Gutierez est une grande fille qui sait parfaitement se débrouiller. Ce n'est pas en leur mettant du sel sur la queue que l'on attrape les petits oiseaux.

Pour éviter d'envenimer les relations futures de Nina avec son *chairman*, je ne lui explique pas sur quoi — à mon avis — il devrait se mettre du sel.

Je vais déposer mon article au journal et essaye — vainement — de m'intéresser à mon travail. J'appelle trois fois l'hôtel et on me fait toujours la même réponse : personne n'est rentré.

— Pas eu de coup de fil de l'un ou l'autre ?
— *Nada*.
— Une seconde, dis-je au moment où il s'apprête à raccrocher comme si c'était lui qui payait la communication, ils ne vous ont rien dit pour leurs affaires ?

Non, ils n'ont rien dit. Sont-elles toujours dans les chambres ? Il n'en sait rien. Ça vaudrait le coup d'aller voir... Il n'a pas le droit. Est-ce que je peux parler à une femme de chambre ? Pas pour l'instant, il regrette. Écoutez, soyez aimable d'envoyer quelqu'un dans la chambre de Mrs Gutierez, c'est très important. Il hésite. Il s'adresse à un autre en espagnol. Il parle très vite, mais au ton, je n'ai pas de mal à le comprendre. Il revient en ligne, va me passer le directeur — qui décroche après avoir traversé le Rio de la Plata. Monsieur le Directeur, excusez-moi de vous déranger mais je n'ai pas de nouvelles de Mrs Gutierez et de ses amis et je voudrais savoir si Mrs Gutierez a pris, par exemple, sa trousse de toilette ou des choses dans ce genre, comme quand on a l'intention de dormir ailleurs ? Il hésite. Qui suis-je ? Son amie. Il réfléchit. Il ne peut pas se permettre de fouiller dans les affaires d'une cliente, ça ne se fait pas. Je le comprends parfaitement mais je suis inquiète : je crains qu'il ne lui soit arrivé quelque chose. Que peut-il arriver à Buenos Aires, capitale la plus cosmopolite et la plus sûre du continent sud-américain ? Rien de grave, bien sûr, peut-être un accident... ? Il soupire. Si je veux bien attendre, il va envoyer une employée. Merci, je vous suis très reconnaissante. J'attends. Ce coup-là, ça prend le temps d'un aller-retour à la nage entre Recife et Conakry. Ils n'ont pas d'ascenseur ou quoi dans ces hôtels ? Il revient en ligne. Mrs Gutierez n'a rien emporté. Sa chambre a été faite, ses affaires, aussi bien dans la salle de bains que dans la penderie, sont là. Je me raidis. Qu'est-ce que ça veut dire ? Je le remercie et raccroche.

Et il me vient une pensée qui, pour ne pas être généreuse, a le mérite d'être rassurante et néanmoins crédible. Si, pour me donner une leçon, ma volcanique Nina avait décidé de me faire connaître à son tour les affres de l'inquiétude dont elle se plaint de souffrir en permanence par ma faute ? Et si elle avait décidé de me laisser sans nouvelles, comme elle me reproche de le faire trop souvent quand je suis sur une enquête ? Il faut dire, à sa décharge, que mes récents reportages ont bien failli être mes derniers. Ce serait bien dans sa nature — appelons-la par euphémisme belliqueuse — de désirer prendre sa revanche.

Woody, qui a un sens aigu de l'opportunité, débarque.

— T'as fini avec tes divorcés ?

Je marmonne d'une voix absente :

— J'ai envoyé le dernier papier au marbre.

— OK, je verrai ça. Tiens, dit-il en balançant sur mon bureau un rapport de police, il paraît qu'à Tenderloin[1] vient d'apparaître une putain de drogue, à côté de laquelle l'héroïne et le crack sont moins dangereux que la barbe à papa. Plonge-toi là-dedans, ma grande, ça devrait faire du chiffre.

— Pourquoi ?

— C'est, paraît-il, la prochaine déferlante. Ceux qui en prennent sont transformés illico en Robocop. Les poulets flippent comme des dingues. Deux mecs ont attaqué hier matin le poste de police d'un patelin du coin et ont descendu les trois flics qui s'y trouvaient à coups de fusil à pompe. Après, ils les ont déculottés et leur ont coupé les valseuses qu'ils ont disposées sur le clavier d'ordinateur de la dactylo, qu'ils ont violée et égorgée avant de mettre le feu au poste. On les a retrouvés une heure plus tard : ils ne se cachaient pas. Ils étaient chargés à mort de cette nouvelle merde qui nous vient du sud et qui est lancée sur le marché au prix d'une sucette à la menthe, pour attirer le chaland. Je voudrais que tu me fasses un truc là-dessus. T'as carte blanche comme d'habitude, si tes frais journaliers n'excèdent pas le coût de deux hamburgers.

---

1. Quartier malfamé de San Francisco.

6

Je n'ai pas de nouvelles de Nina depuis mardi et nous sommes jeudi. Entre-temps, j'ai appelé tant de fois l'hôtel et l'ambassade américaine que ma note de téléphone doit dépasser le coût du lancement d'Apollo par la Nasa. Trois fonctionnaires m'ont envoyé promener avant de me passer quelque sous-secrétaire qui n'en savait pas davantage. Je n'ai rien appris de plus. Si vraiment Nina veut me faire marcher, c'est réussi.

J'ai contacté dans la foulée le représentant de l'Unesco pour la Californie ; on m'a répondu qu'il était parti avec sa secrétaire particulière s'occuper des enfants dénutris du Sud-Est asiatique après une escale en Jamaïque. De toute façon, à moins d'être Bill Clinton *himself*, et de pouvoir être identifié par une double empreinte des dents et des doigts, il ne fallait pas compter sur eux pour donner des renseignements sur une mission. Rassurant. Je sonne Ducon *chairman*.

— Mais non, chère madame, je n'ai pas les coordonnées des contacts de Mrs Gutierez, pour la bonne raison que le responsable des finances et des relations publiques de son département s'est occupé de tout ; or il se trouve actuellement en Terre Adélie, chez les autochtones. Nous ne pouvons pas le joindre. Mais encore une fois, chèèère madame, je ne comprends pas votre inquiétude.

Excédée et les mains moites, je fais appel à mon copain Gezû, qui parle espagnol comme feu le Caudillo soi-même : avant de défiler pour les sous-vêtements masculins chez Chantal Thomass, il était gaucho. Je lui demande d'appeler tous les hôpitaux de Buenos Aires et de sa périphérie, puis toutes les cliniques privées et enfin les postes de police. Parfois, je l'entends rire avec son interlocuteur qui doit lui en raconter une bien bonne, ou alors discuter avec tant de feu qu'il doit essayer de fourguer trente hectares de sable fin au premier secrétaire de l'ambassade d'Arabie Saoudite. Mais Nina et ses collègues n'ont été signalés nulle part ; ils ont disparu, comme si le détroit de Magellan s'était refermé sur eux.

Épuisée, je remercie Gezû et le renvoie à ses activités. Quelques amies inquiètes comme moi me harcèlent de coups de téléphone. L'une d'elles me suggère que Nina veut me rendre la monnaie de ma pièce, idée que j'ai déjà eue. D'autant que Nina s'est plainte récemment que notre couple avait pris une vitesse de croisière, et naviguait sur des eaux un peu trop calmes et sûres à son goût.

« Que veux-tu que je fasse ? m'étais-je écriée. Les pieds au mur ?

— Surprends-moi ! avait-elle répliqué. Nous ressemblons de plus en plus à ces gens qui restent ensemble parce qu'ils n'ont même plus l'idée de se demander pourquoi.

— Attends, tu t'ennuies ? On voit plein de monde, on a des métiers passionnants ! Tu reçois des honneurs de tous, moi, je vais finir par devenir une vraie vedette ! De quoi tu te plains ?

— Je n'ai plus peur.

— De quoi ?

— Qu'on se perde.

— Hein ?
— Peur que tu me quittes ou que je te quitte.
— Mais qu'est-ce que tu racontes ?
— On est tellement engluées dans nos habitudes que l'on ne s'apercevrait de l'absence de l'autre qu'en constatant qu'il manque une tasse au petit déjeuner... »

7

Vendredi soir, je reçois un appel de Woody.

— Qu'est-ce qui se passe, bordel ! Ça fait deux jours que j'essaye de te joindre ! T'as pas payé ton téléphone, ou quoi ? (Je lui explique succinctement le pourquoi de la chose. Il n'entend pas.) Faut faire fissa ! On a retrouvé aujourd'hui deux souris en kit dans des sacs poubelle à Pasadena ! D'après les flics, il y avait des mutilations rituelles sur les morceaux. Je te mets là-dessus, fonce ! Prends contact avec le lieutenant Dewey du 14ᵉ district : c'est lui qu'est chargé de l'affaire. C'est un bon, il touche !

— Je n'ai pas le temps, je pars.
— Quoi ?
— Je pars en Argentine.
— Quoi !
— Nina a disparu.
— Comment ça, disparu ?
— On ne la retrouve pas.
— Et alors ?
— Je vais la chercher.
— Comment ça, la chercher ?

La conversation, si riche soit-elle, commence à me taper sur les nerfs.

— La chercher, la repérer, la retrouver, la ramener.
— Tu rigoles ! Et mes deux bonnes femmes ?
— Même si Madonna avait fumé le cigare avec

Monica Lewinski après l'avoir violée, je m'en taperais. Je pars, salut !

Je raccroche avec une sensation de bien-être très rare depuis un bon moment et rafle dans l'annuaire les numéros des compagnies aériennes les plus à même de m'emporter vers les sierras. Normal, c'est Aerolinas Argentinas qui remporte le cocotier. Un avion décolle dans moins de trois heures.

Je fourre quelques affaires dans un sac, débranche le répondeur et saute dans ma voiture. La circulation de cette fin d'après-midi est si fluide que j'arrive *in extremis* avant le décollage. À l'aide de ma carte de presse et en usant de mon charme, j'obtiens la dernière place en classe VIP.

Je cavale dans les couloirs où la sœur de Maria Montez me passe à la cousine de Maria Montez qui m'installe dans un fauteuil plus confortable qu'un matelas à eau. Allongée à la romaine, je suis gavée de champagne et de caviar gris. De temps en temps, une main fraîche vient se poser sur mon front brûlant, tandis qu'une voix, douce comme le tendre gazouillis d'un oiseau au fond des bois, me demande si je n'ai besoin de rien en me posant sur les yeux un masque de fraîcheur et de volupté destiné à mon repos.

Je m'endors.

8

Le taxi qui m'a chargée à la sortie grandes lignes de l'aéroport Ezeiza doit adorer sa ville : il me la fait visiter deux fois en largeur et trois fois en longueur avant de me déposer à l'hôtel *Liberty*. Durant le voyage, il m'a proposé — dans un anglais approximatif — successivement la botte, le mariage, de l'héro, des petits garçons, des petites filles.

Je descends et lui tends la liasse de pesos que j'ai eu le temps de changer à l'aéroport et qui représente le triple d'une course normale, mais la moitié de son prix. Il secoue la tête avec un grand sourire, découvrant deux mâchoires garnies seulement d'une petite demi-douzaine de touches d'ivoire noirci.

— *No señora, no, mas...*

Je réponds avec le même large sourire — néanmoins plus habité.

— *Si señor*, et votre pourboire vous vous l'accrochez au petit Jésus suspendu à votre tableau de bord.

Satisfaite, je virevolte vers l'hôtel en faisant fi de la savoureuse bordée d'injures qu'il me lance en espagnol, langue que je suis censée ne pas comprendre. Je me dirige vers le comptoir. S'il ne représentait pas depuis tant de jours une énigme et une inquiétude, l'hôtel me paraîtrait sans doute plein de charme. Ils lui ont conservé un côté années 30, après un sérieux lifting. Les meubles, l'éclairage, le comptoir, les tapis, les ascenseurs ont cette allure désuète des hôtels relookés avec goût.

Je m'adresse au préposé après avoir cherché des yeux la clé de la chambre de Nina sur le tableau. La 612, elle y est.

— Bonjour, je voudrais une chambre.
— Vous avez réservé ? me demande-t-il selon la formule classique.
— Non.

Il soupire, comme s'il hésitait à m'accorder la main de sa cadette, et consulte son écran.

— Bain ? Douche ?
— Ça m'est égal, grande et confortable.
— 412, lâche-t-il comme un code.
— D'accord, bien reçu.

J'hésite à l'interroger sur Nina, j'ai l'impression que c'est lui que j'ai eu le plus souvent au téléphone.

— Quatrième étage ; les ascenseurs sont sur votre droite. Vous restez plusieurs jours ?
— Probablement.

J'ignore les numéros des chambres des deux autres, de toute façon celle de Nina me suffit.

L'ascenseur s'élève avec un chuintement feutré. C'est tout à fait le genre d'hôtel que l'on aime trouver quand on se balade à l'étranger avec l'amour du moment. Dommage.

Ma chambre est grande et confortable. Une double fenêtre ouvre sur une avenue calme et bordée d'arbres qui atteignent presque mon étage. Bien que le *Liberty* se trouve près du centre, la rumeur de la ville me parvient assourdie. Peut-être suis-je sur l'arrière. J'hésite entre prendre une douche et me changer ou foncer directement à la chambre de Nina. En Américaine pur jus, j'opte pour la première solution.

Dans l'avion, après avoir absorbé deux Nuctarils avec l'hectolitre de champagne offert, j'ai dormi comme un bébé et me sens considérablement embrumée. Seule de l'eau fraîche et ruisselante peut me tirer de là.

Ragaillardie, je monte au sixième, armée de ma carte de crédit destinée à repousser le pêne de la porte. En toute logique, la 612 est juste au-dessus de la 412, c'est-à-dire au milieu du couloir.

Avec des allures de rat d'hôtel, j'introduis ma carte entre le montant et la serrure et soulève. Rien. Au bout de cinq bonnes minutes, je comprends que ça ne marche que dans les films.

— ¿ *Qué quiere usted, señora ?*

Je sursaute comme si j'avais marché sur un serpent à sonnette. Une chambrière, la main dans la poche de sa blouse comme si elle y dissimulait un Smith et Wesson, m'interpelle en souriant vaguement.

— Heu... j'ai... heu... trompé... clé, dis-je en exhibant ma 432. *Mi amigo está aqui.*

Elle ne comprend rien à mon discours mais doit juger que je ne ressemble pas à un rat d'hôtel. Avec un soupir légèrement excédé — qui me fait penser qu'elle prend les touristes pour ce qu'ils sont —, elle m'ouvre la porte avec son passe.

— *Gracias, gracias mucho.*
— *De nada.*

La 612 est la jumelle de la 412. J'entre, et aussitôt j'ai le cœur qui cogne, les genoux qui s'affaissent et une bouffée de chaleur de douairière m'envahit. La chambre est faite... et inhabitée. Nickel. Pas un poil. Où est passée Nina ?

J'avance sur le tapis comme si je craignais de réveiller Jack l'Éventreur. Je suis sidérée. Dans mon esprit, j'allais retrouver les affaires de Nina sagement rangées dans les placards. Je fouille partout en tendant l'oreille, au cas où la femme de chambre irait raconter en bas qu'elle a trouvé une idiote de Yankee essayant d'entrer dans une chambre avec une mauvaise clé.

J'ouvre les tiroirs, les portes d'armoire de la chambre et de la salle de bains. Je me penche sous le lit. *Nothing*.

Des bruits de voix et de pas se rapprochent, à l'instant où mes yeux tombent sur un bout de papier froissé sous un fauteuil. Je m'en saisis. Les pas et les voix s'arrêtent devant la porte, et une clé tourne dans la serrure. Je bondis vers la fenêtre et passe sur l'étroit balcon.

La porte s'ouvre, j'entends la voix de la chambrière et celle d'un type. Dans le reflet du carreau, je les vois examiner les lieux : la fille paraît se faire engueuler. Elle se défend avec véhémence pendant qu'ils passent dans la salle de bains.

Le type a l'air furieux. Il se dirige vers la fenêtre restée ouverte. J'enjambe la balustrade et pose le pied sur une corniche large comme une langue de chat qui surplombe un vide de dix mille mètres. Il met un pied sur le balcon. Je m'accroupis en incrustant mes doigts dans la bordure de pierre. Je l'entends parler, s'éloigner et enfin sortir.

J'essaye de déplier mes jambes qui tremblent comme les fameuses feuilles, et en fermant les yeux je remonte prudemment sur le balcon. Je jette un œil à l'intérieur. Ils sont partis. Si l'hôtel est plein, le type ne pensera pas spécialement à moi. Dans le cas contraire, j'ai intérêt à me rendre rapidement dans un endroit où je suis censée me trouver. J'ouvre la porte avec précaution. *Nobody*.

Je prends l'escalier et me rue dans ma chambre. Je me laisse tomber sur le lit, haletante. Quelle saloperie ! J'ai le vertige sur un tabouret et je me suis suspendue au-dessus du vide ! Je reprends mes esprits et déplie le bout de papier. Des griffonnages, mais de la main de Nina ! Un nom : Carlos. 18. Tacuari 1621. Du charabia, mais je n'ai rien d'autre. Je téléphone à la réception pour réclamer une carte de la ville.

9

J'aurais dû aller la chercher dans une librairie. Je ne sais pas ce qu'ils fichent dans cet hôtel, mais tout demande des heures. Excepté quand quelqu'un se trompe de chambre.

Enfin, on me la monte et je l'étale sur le lit. 18 Tacuari 1621. Je cherche pendant une heure et découvre enfin la Tacuari qui coupe l'Avenida Montevideo dans le nord de Buenos Aires. Mais je ne sais pas ce que veulent dire 18 et 1621. Je reprends le bout de papier. 18, ça pourrait être une indication d'heure. Nina n'est pas une folle du détail. Elle a dû écrire ça quand elle m'a dit qu'elle devait rencontrer quelqu'un le lendemain. Par exemple : « rendez-vous avec Carlos, 18 h, Tacuari 1621. »

Je prie la réception de m'appeler un taxi et descends. En déposant ma clé sur le comptoir, je me demande pourquoi le directeur m'a menti en me disant que les affaires de Nina étaient toujours dans sa chambre ? Je m'adresse au préposé qui me regarde façon mante religieuse femelle après l'amour.

— Dites-moi... heu... je crois qu'une de mes... cousines a séjourné ici récemment : est-elle toujours là ?

— Quel est son nom ?

— Heu... je ne sais pas si elle est descendue sous son nom de jeune fille ou de femme mariée... Gutierez-Cabrerra... peut-être... ou alors... heu... ah, je ne me souviens plus de son nom d'épouse...

Il ne consulte même pas son écran.

— Mrs Gutierez-Cabrerra a réglé sa note et est partie.

— Partie ? Quand ?

— Le 22.

— 22... mercredi ?

— C'est ça.

Je réfléchis. Le 23, le directeur m'a affirmé que Nina était toujours là.

— Vous êtes sûr ?

— Absolument.

Tout ça doit l'ennuyer ; avec une volte de torero, il s'éloigne au bout du comptoir où il fait semblant de s'absorber dans des comptes. Je pense que ce type est très désagréable et que c'est un vieux con. Ce qui n'est pas juste de ma part parce qu'il ne doit pas avoir plus de 30 ans. Mais traiter quelqu'un de jeune con laisse entendre que le type en question peut s'améliorer, tandis qu'être un vieux con à 30 ans est sans espoir pour la suite.

Le taxi m'attend devant l'hôtel et son *tachero* me fait un grand sourire... édenté. J'y monte en m'interrogeant. Est-ce que les chauffeurs perdent leurs dents à force de s'écraser sur leur volant au moment où ils freinent, ou les choisit-on déjà comme ça ? De toute manière, je lui tends l'adresse qu'il examine longuement avant de prendre un air entendu.

Depuis mon arrivée, je suis moins anxieuse sur le sort de Nina que lorsque j'étais à Frisco pour plusieurs raisons. Primo, quand on est loin, on se fait un mouron d'enfer ; deuxio, l'Argentine n'est pas exactement le pays policier et militariste auquel je m'attendais, et tertio, l'idée que Nina me balade s'impose de plus en plus. Elle et ses boys ont habité l'hôtel le temps de mener à bien quelques entretiens, ensuite ils ont filé vers d'autres horizons, et Nina s'amuse à me faire cavaler derrière elle.

Certes, les indigènes me sont apparus assez arrogants et les hommes très attachés aux signes extérieurs de leur virilité — ainsi qu'à un certain détachement concernant les touristes, mais je ne vois pas une mission officielle disparaître en plein Buenos Aires, ainsi que je me le suis imaginé dans mon délire. Quand je retrouverai Nina, elle ne manquera pas de m'engueuler d'avoir fait tout ce foin, et me traitera de mère juive qui a pété les plombs en apprenant que son fils est pédé, et que le promis n'est ni avocat ni médecin.

Mon chauffeur — sans doute un petit cousin argentin du Brésilien Ayrton Senna — roule à vitesse de circuit au milieu des voitures et des piétons qui, eux, doivent tous descendre de Manolete.

Cramponnée à la banquette, j'ose à peine jeter un coup d'œil à l'extérieur, ce qui me suffit pour constater que Buenos Aires est assez tartignol dans l'ensemble. Des blocs de maisons de hauteurs et de styles différents, délimités généralement par quatre rues qu'ils appellent, d'après mon plan, des *cuedras*, se succèdent sur des kilomètres sans que le moindre bâtiment un peu intéressant vienne rompre cette monotonie. Cependant, il ne faut pas croire pour autant que s'y diriger soit facile, sauf apparemment pour mon chauffeur : le bras négligemment appuyé à sa portière, il tourne d'une main légère son volant en fredonnant *Rigoletto*.

Ça fait un petit moment que l'on roule et les faubourgs ouvriers ont succédé aux quartiers bourgeois et commerçants. Enfin il ralentit et me désigne une avenue.

— Montevideo.

Je me penche vers lui.

— Ah bon ? Et Tacuari ?

Il a un geste vague de la main et dessine un cercle

avec le doigt, destiné sans doute à me faire comprendre que c'est dans le coin.

— Bon. Je trouverai des taxis par ici ?

Il a un large sourire et acquiesce vigoureusement, tout en me montrant le prix de la course. Ça va, j'ai compris. Je le règle en dollars, ce qui semble lui faire plaisir. À ce prix-là, j'aurais fait San Francisco-Los Angeles, aller-retour.

Le quartier est animé, il grouille de marchands d'herbes et d'épices, de cigares, de ponchos, de vendeurs de café que les gens boivent debout en une seconde, de cireurs de chaussures. Des chapeaux de gauchos attachés à de longues piques se promènent au-dessus des têtes. Folklore destiné à faire glousser de plaisir les touristes et papilloter les diaphragmes des appareils photos.

Mais je n'en ai cure, comme on dit dans les livres bien écrits, moi, je cherche la rue Tacuari. Après avoir interrogé une bonne vingtaine d'Argentins des deux sexes, je tombe dessus.

10

Tomber n'est pas le terme exact : cette rue — une impasse — est d'une discrétion émouvante. Je suis certaine que l'on peut passer vingt ans à proximité sans la voir. Et le 1621 ? C'est un gag ? Il y a cinq baraques dans cette venelle ! Mais l'une d'elles affiche le bon numéro.

À présent que j'ai trouvé, la peur ressurgit. Qu'est-ce que Nina est venue fiche ici et qui est-elle venue voir dans ce gourbi ? Car c'en est un. La façade rafistolée présente plusieurs couches de peintures successives et les volets tiennent avec des bouts de ficelle. La porte, de bois vermoulu, est tenue par des montants en fer rouillé, et les détritus charriés par le caniveau ont une longue histoire derrière eux. La 1621 est la dernière de l'impasse. Derrière, et au-dessus d'elle, s'entassent d'autres maisons au toit plat surmontées d'antennes de télé et de fils à linge pléthoriques.

Je frappe et attends. Plusieurs fois. J'examine les autres baraques, dans le même état de désolation. Je frappe encore, puis sors de l'impasse et regarde de l'autre côté de la rue. J'ai la fugace impression qu'une silhouette s'est précipitamment retirée à l'abri d'un mur. Je plisse les yeux sous l'éclat du soleil. Beaucoup de monde se presse sur l'avenue. Je retourne au 1621 et c'est la porte du numéro 17 qui s'ouvre.

— *Buenos dias*, dis-je en m'approchant.

Dans un espagnol scolaire et chaotique, je demande si l'*hombre* qui est derrière la porte sait où est Carlos. L'*hombre* m'examine, et comme il est aux trois quarts embusqué derrière le montant, je n'aperçois qu'un œil noir et une pointe fournie de moustache. Il secoue le tout dans le geste international de la dénégation et referme la porte. Voilà. J'ai dû complètement me fourvoyer avec ce bout de papier.

Je reste un moment à réfléchir sur l'avenue Montevideo, en cherchant un taxi des yeux. Puis, devant le manque de réussite des deux, je me mets en marche dans ce que j'espère être la bonne direction. Je m'apprête à traverser dès que le carrousel de la mort aura respecté le feu rouge, quand je sens un coup dans la hanche : un homme assez âgé me fait signe des yeux de le suivre.

Je lui emboîte le pas sans coup férir — ça aussi, c'est une expression employée par les bons auteurs —, et il m'entraîne à sa suite sur l'avenue, tournant bientôt dans une rue plus calme, bordée d'arbres, où le vacarme de la Montevideo arrive très assourdi. Il ne s'est pas retourné une seule fois pour s'assurer que je le suivais.

Il traverse un square et se dirige vers l'entrée d'une maison de l'autre côté. Je ne vois pas bien à quoi il joue. J'espère que j'ai compris son message et que je ne vais pas me retrouver au milieu d'une famille de Portenos en train de déguster une *empanada*, ou débarquer au milieu d'une partouze du troisième âge. Au moment où je vais le rejoindre, il murmure rapidement en anglais :

— Continuez sans vous arrêter, vous êtes suivie. Je vous retrouve dans une heure au *Café de la Paix*.

Ah bon ? J'obéis avec un pincement à l'estomac. Qui me suit et pourquoi ? Je fais le tour du square en cherchant le suiveur. Bingo. J'ai croisé son regard et il a détourné le sien.

Je reprends le chemin de la Montevideo comme quelqu'un qui s'est trompé et perdu. Le mec est sur l'autre trottoir : si le vieux ne m'avait pas prévenue, je ne l'aurais pas remarqué. Au carrefour, un taxi s'arrête devant moi.

— ¿ *Tachos, señora ?*

Je m'engouffre à l'intérieur et lui donne le nom du *Café de la Paix*. J'espère qu'il est suffisamment connu ici pour qu'il ne me propose pas de m'amener à celui de Paris.

On traverse la ville en sens inverse et j'essaye de me repérer sur mon plan. J'ai du mal à me concentrer car l'inquiétude sur le sort de Nina est revenue me tarauder. Ce qui vient de se passer dans la dernière demi-heure en est bien sûr la cause. Qui est ce vieil homme ? Et qui me suit ? Dans nos démocraties, ce genre d'incident est impossible. Quand un homme suit une femme, s'il est moche, elle va se plaindre à un flic.

Le chauffeur paraît plus sérieux et plus prudent que les deux premiers mais la course n'en finit pas. Je me penche par-dessus la banquette.

— Vous avez bien compris ? *Café de la Paix.* Vous connaissez ?

Il acquiesce sans se retourner. La voiture traverse des carrefours, contourne des places, et je reconnais la Plaza de Mayo où les Folles de Mai continuent à manifester tous les jeudis soir, en brandissant les photos de leurs enfants disparus, et en exigeant du gouvernement qu'il leur rende leurs corps. Cette histoire est aussi invraisemblable qu'abominable, mais comme pour tout, on oublie. Quinze ans que les dictateurs ont cédé la place, mais si les Folles ont vieilli, elles ont conservé leur détermination.

Le taxi s'engage dans une rue qui longe un parc.

Je ne sais pas où ils ont planqué leur *Café de la Paix*, mais si c'est par là ils n'ont pas choisi une rue commerçante. Il n'y a que des immeubles cossus et mon taxi s'arrête devant l'un d'eux, haut de trois étages et séparé de la rue par une grille.

11

Je tape sur l'épaule du *tachero*.

— Eh, qu'est-ce que vous fabriquez ?

Ma portière s'ouvre et un homme m'attrape le bras. Son autre main tient un pistolet.

— Par ici, me dit-il en me tirant hors de la voiture.

— Non, mais vous êtes cinglé !

Je m'apprête à me défendre, mais il m'enfonce le canon de son arme dans les côtes.

— Ta gueule, reste tranquille et viens avec moi !

Le chauffeur nous a rejoints et ils m'entraînent à l'intérieur pendant qu'un troisième larron ouvre la grille et la referme derrière nous. Je me tiens tranquille, parce que, premièrement je n'ai pas le choix, et que deuxièmement, je veux en savoir davantage. Prétendre que je suis rassurée tiendrait du gros mensonge.

Ils ouvrent la porte de l'immeuble et je me retrouve dans un hall gardé par une sorte de milicien ou de soldat.

— Attends ici.

Ce qui m'inquiète, c'est le tutoiement.

L'homme au pistolet revient me chercher et me fait entrer dans une pièce confortablement meublée. Derrière un bureau se tient un militaire.

— Approchez.

Il est renversé dans son fauteuil et fume une cigarette plantée dans un fume-cigarettes. Il m'examine en tirant sur sa clope. J'attaque illico.

— Qu'est-ce que ça veut dire ? Vous êtes dingue ou quoi ? Vous savez que je suis une touriste américaine ?

Il reste muet et fait signe à l'autre de sortir. Il se penche vers moi par-dessus son bureau.

— Touriste américaine, hein ? Sandra Khan, journaliste au *San Francisco News,* plus exactement, grand reporter spécialisée dans les affaires criminelles... hein ?

— Et alors, votre foutu pays est interdit aux journalistes ? Et je ne suis pas là pour travailler, mais en touriste.

Il ricane.

— Ah, ouais ? Touriste ?

Il se lève, fait le tour de son bureau. Il doit mesurer dans les deux mètres, avec une corpulence en conséquence. Je renverse la tête pour le regarder et menace :

— Ça va faire du bruit, cette histoire.

Il hausse les épaules, écrase son mégot et insère une autre cigarette dans son bout d'ivoire. Je n'ai plus qu'à espérer qu'il claque du cancer avant ce soir.

— Mrs Khan, commence-t-il, ça fait une semaine que vous téléphonez dans mon pays à la recherche d'une de vos amies, exact ?

— Effectivement. Maria-Ana Gutierez-Cabrerra, envoyée par l'Unesco...

— ... Et l'association « Enfants dans la guerre » pour trouver on ne sait quoi, achève-t-il.

Je ne réponds rien.

— Et vous, qu'est-ce que vous faites ici ?

— Comme vous l'avez dit, je suis venue parce que je n'ai pas eu de nouvelles de mon amie.

— Ah, ouais ? Une amie oublie de vous téléphoner et vous rappliquez ? Étrange, non ?

— Pas tant que ça. Mrs Gutierez est en mission officielle et n'a plus donné signe de vie, ni elle ni ses assistants, depuis plusieurs jours. On s'inquiète dans mon pays.

— Dans votre pays on s'inquiète ? Étrange. J'ai justement déjeuné hier avec votre premier secrétaire d'ambassade et il ne m'a rien dit.

— Ce qui est étrange, c'est plutôt votre façon d'enlever en pleine rue une citoyenne américaine. Vous savez quoi ? J'ai cru un instant me trouver à La Havane.

— Mes hommes n'auront pas compris et se seront montrés trop zélés. Je voulais juste vous rencontrer pour vous conseiller de ne pas commencer une enquête qui ne vous mènera nulle part. L'Argentine est un très grand pays où l'on se promène beaucoup. Vos amis vont réapparaître avec une bonne explication. L'Unesco, vous avez dit ? Encore plus étonnant. Mon gouvernement n'a pas été prévenu. Et d'ailleurs, quel genre de mission ? Vous fumez ? me dit-il en m'offrant une cigarette.

— Uniquement en bonne compagnie.

Il s'éloigne en souriant.

— C'est quoi, « Enfants dans la guerre » ?

Je hausse les épaules.

— Vous devez le savoir mieux que moi.

— Mais nous ne sommes en guerre contre personne. Voyez-vous, Mrs Khan, ce qu'on peut reprocher aux gens comme vous et votre amie, c'est de fourrer votre nez n'importe où.

— Mrs Gutierez est expert auprès de...

— Mrs Gutierez a quitté le pays en 79, sur le point d'être arrêtée pour menées subversives, coupe-t-il brutalement.

Je reste coite. Qu'est-ce que c'est que cette histoire ? Nina ne m'en a jamais parlé.

— Vous faites erreur.

— Ah, oui ? (Il va vers son bureau et ouvre un dossier.) Gutierez-Cabrerra a été accusée en 1979 par les services du ministère de l'Intérieur, de s'être livrée à des attentats contre des bâtiments publics appartenant à l'armée. Elle faisait partie à l'époque du *Rojo Movimiento* et était activement recherchée par la police. Vous voulez que je continue ?

— De toute façon il y a amnistie ! Et votre sinistre junte ne règne plus, ou j'ai mal lu mon mémo ?

— Effectivement, le président de notre pays est monsieur Carlos Menem et le parti justicialiste est aux affaires. Cependant... l'ambition d'*El Présidente* est la paix civile et l'unité de l'Argentine. Des faits... déplaisants ont pu se produire à une certaine époque contre des citoyens ayant pris les armes contre notre gouvernement et la Constitution, et les responsables ont été forcés de remettre de l'ordre. Affaire purement intérieure, qui ne concerne personne d'autre que les Argentins, Mrs Khan.

— Admettons. Que sont devenus Mrs Gutierez et ses compagnons ?

— Vous me demandez ça à moi ? Je ne les ai même jamais rencontrés... et sans votre obstination, nous n'aurions pas eu le plaisir de nous connaître...

— Quelle obstination ? Celle de téléphoner à un hôtel international pour demander des nouvelles d'amis qui y logent ?

— Non... Le 1621 de la rue Tacuari était justement surveillé. Nous savons qu'à cette adresse se réunissent des terroristes financés par les Cubains et les Péruviens du Sentier Lumineux qui veulent déstabiliser notre république. Les policiers en surveillance vous y ont remarquée et se sont étonnés qu'une... simple touriste américaine s'y trouve. Ne sachant pas à qui ils avaient affaire... ils ont pu se montrer un peu... vifs.

J'ai déjà vu des hypocrites, mais rarement de la taille de celui-là.

— D'ailleurs, reprend-il en respirant une rose piquée dans un bouquet placé sur une console, qui vous a donné cette adresse ?

— Quelle adresse ? J'ai demandé à l'hôtel un taxi pour visiter la ville. Quand nous sommes arrivés dans ce quartier, il m'a semblé pittoresque et j'ai dit au chauffeur de m'y déposer pour y marcher un peu. Je ne connais pas cette rue Tacuari dont vous me parlez. J'ai effectivement frappé à une porte pour demander mon chemin, c'est tout. Ensuite, j'ai marché un moment et comme j'étais fatiguée, je suis montée dans un taxi en lui demandant de m'emmener au *Café de la Paix* qui a la réputation d'être à la mode. Là-dessus, il m'a débarquée ici, et vous connaissez la suite.

Il se redresse et se tourne vers moi en souriant.

— Dans ce cas, il ne me reste plus qu'à m'excuser pour ce malentendu et vous rendre votre liberté, Mrs Khan. Toutefois, si vous désiriez des renseignements dans le cadre de votre profession, nous vous serions obligés d'en demander l'autorisation aux services de presse du ministère de l'Intérieur. Des accords commerciaux et politiques importants lient nos deux pays, et il serait dommage qu'un quelconque incident les ternisse. Voilà, je vous souhaite de retrouver vivement vos amis pour profiter avec eux des beautés touristiques de notre pays. Je vais demander un taxi pour vous reconduire à votre hôtel.

— C'est inutile, je vous remercie. (Au moment de passer la porte, je me retourne.) Excusez-moi, vous connaissez beaucoup de choses sur moi et je ne sais rien de vous. Qui êtes-vous ?

Il me répond en arborant son fameux sourire de poseur de gégène :

— Pour vous, je serai le Colonel.

12

La pièce était dépourvue de toute ouverture, à l'exception de la porte en fer percée d'un passe-plat par laquelle elle était entrée. La lumière y brillait en permanence et elle devait dormir sur le ventre ou recroquevillée contre le mur pour lui échapper. Les repas étaient délivrés d'une manière anarchique et elle ne pouvait pas tabler sur leur périodicité pour compter le temps. Depuis qu'elle était là, elle n'avait vu personne. Pas même pour l'interroger.

Dans la pièce, il y avait un lit de camp avec un seul drap et une couverture militaire. Un WC et un lavabo complétaient l'ameublement. Elle devait manger, le plateau posé sur ses genoux, et assise sur le châlit. La nourriture était correcte et elle avait autant d'eau fraîche que nécessaire. Simplement, elle était incapable de savoir depuis quand elle était là, et pourquoi.

13

Je rentre à l'hôtel en autobus. Le nouveau réceptionniste me tend ma clé avec un sourire. Je la prends machinalement en tentant de me convaincre de ne pas aller casser la gueule au directeur. Raide, je monte dans ma chambre.

L'heure est passée pour le rendez-vous au *Café de la Paix* mais je réfléchis, change de chaussures et repars. Je fais sûrement une bêtise car je dois être surveillée mais je m'en fous. Je dois savoir qui est ce type.

Avant de héler un taxi, je marche un moment pour vérifier que je ne suis pas surveillée. Il ne semble pas, mais je ne peux pas en jurer. Rien de plus difficile que de repérer un suiveur dans une foule, d'autant qu'ils sont souvent plusieurs à se relayer.

Le problème n'est d'ailleurs pas de les repérer, mais de savoir pourquoi je suis mise ainsi sous surveillance. Même si ce que m'a dit la grande saucisse galonnée concernant le passé politique de Nina est vrai, il n'empêche qu'à présent, et jusqu'à preuve du contraire, l'Argentine est une démocratie. La preuve, elle continue d'héberger une importante communauté d'anciens nazis et une non moins importante communauté juive.

J'arrête un taxi, y monte, et prends soin d'examiner

le chauffeur qui se retourne avec un grand sourire gourmand. Tout va bien, il n'a pas de dents.

— *Café de la Paix, por favor*.

On repart. Je me retourne. Personne n'est monté en voltige dans une voiture derrière moi. Paradoxalement, avoir rencontré l'abruti militaro m'a un peu rassurée sur le sort de Nina. Ne me demandez pas pourquoi. Ou plutôt si, et je vous réponds. S'ils s'étaient débarrassés de Nina, ils n'auraient pas eu besoin d'organiser ce cirque avec moi. J'aurais tapé à toutes les portes et on m'aurait répondu poliment que l'on ne savait pas où était passée la mini-délégation. Une enquête bâclée, il ne faut pas se faire d'illusion, aurait été diligentée par « Enfants dans la guerre » pour constater la disparition inexpliquée de trois de ses membres. Le tout serait passé dans la colonne profits et pertes.

Qui se soucie réellement de tous les journalistes ou enquêteurs tués ou emprisonnés un peu partout dans le monde pour avoir voulu faire leur boulot ? Pas vous. Moi un peu plus, parce que ça me concerne davantage.

Si le colonel Dugland a pris la peine de me convoquer, c'est qu'il voulait m'avertir qu'il était au courant de l'arrivée de Nina et qu'il la surveillait depuis. À présent que je connais son passé de guérillero, je comprends pourquoi.

Tous les pays font de même. À partir de l'instant où vous êtes fiché comme élément subversif, vos allées et venues et le moindre de vos éternuements mettent en transe les services concernés.

En revanche, sa disparition reste incompréhensible. Et si elle avait téléphoné à la maison entre-temps ? Je dois immédiatement appeler notre répondeur. Et tout aussi immédiatement je me traite de crétine. J'ai débranché le répondeur !

14

On arrive au *Café de la Paix* dans des délais corrects et je règle une course d'un montant raisonnable. L'établissement, presque aussi beau que celui de Paris, semble plus branché. C'est apparemment le rendez-vous de la jeunesse dorée. Toutes les tables sont occupées et comme les Argentins sont des gens au verbe haut, j'ai l'impression d'entrer dans une succursale de la salle des cotations de Wall Street.

Je fais le tour des tables en cherchant mon hidalgo rassis et je croise son regard au moment où je débouche de derrière une colonne. S'il ne m'avait pas fixée de cette manière, je ne l'aurais sans doute pas reconnu. Il tient un journal déplié en main, et je jette un coup d'œil alentour pour repérer les éventuelles mouches. Pas facile.

Il y a une chaise libre à sa table mais si je dois jouer les idiotes ce ne sera pas aisé d'expliquer pourquoi je me suis précisément installée là. Tant pis. Je désigne la chaise en face de lui.

— Je peux ?

Il a un beau geste de la main. Je veux dire, c'est vraiment un hidalgo.

— Je vous en prie. Que boirez-vous ?

Il a dans son verre une boisson colorée.

— La même chose que vous.

Il passe la commande au garçon qui vient de terminer son quatre cents mètres glissé devant notre table, et qui repart aussi vite entamer le huit cents.

— Excusez-moi d'être en retard, dis-je, pas certaine du tout que ce soit le même bonhomme que celui qui m'a priée de le suivre.

Si je me plante, son côté macho va se gonfler à l'hélium.

— Ils vous ont arrêtée ?

C'est lui.

— Oui. Qui êtes-vous, monsieur ?

Le garçon revient avec la boisson arc-en-ciel et l'hidalgo attend qu'il se soit éloigné pour me répondre.

— Carlos.

Je le regarde, éberluée. Je ne sais pas pourquoi je m'étais imaginé que Carlos était un jeune homme, ou tout au moins un homme plus jeune.

— Votre amie a disparu ?

— Oui.

Il hoche la tête en soupirant. Pendant qu'il me parle, ses yeux ne cessent d'examiner les gens assis autour de lui.

— Moi, c'est ma fille, lâche-t-il. Il y a longtemps. Votre amie était son amie. (Ma berlue s'accentue.) Ma fille était enceinte. Elle a été prise avec son fiancé. On ne les a jamais retrouvés. Son fiancé était juif. En même temps qu'il combattait Videla et ses tueurs, il recherchait les nazis installés dans notre pays pour les signaler aux services du Mossad israélien.

Il allume une cigarette au bout doré et m'en offre une, que je prends mécaniquement.

— Ma fille était enceinte de jumeaux. Nous le savons parce qu'elle avait passé une échographie la veille de son arrestation. Son accouchement était prévu pour le mois suivant. Matilda, c'était le nom de ma fille, et Miguel, son fiancé, étaient fous de joie.

Miguel lui avait promis qu'il arrêterait la lutte armée puisqu'il allait être père et qu'ils partiraient en Europe pour se faire oublier. Sa mère et moi étions ravis de cette décision. Non pas que nous ne comprenions pas leur combat, au contraire. J'ai moi-même travaillé pour les services secrets anglais pendant la Seconde Guerre mondiale, et l'arrivée dans mon pays de tueurs sanguinaires comme Videla et ses complices m'avait persuadé de reprendre du service, cette fois chez nos propres opposants. C'est d'ailleurs à cause de mon exemple que ma fille nous a rejoints...

Sa voix se brise, et il baisse la tête en serrant les mâchoires. Je pose ma main sur la sienne.

— Et alors, Maria-Ana vous a contacté ?

Il soupire et acquiesce. Soudain, son regard se trouble et se fige. Je regarde dans le miroir derrière lui. Deux hommes viennent de s'asseoir à une table, qui vient miraculeusement de se libérer de trois jeunes gens.

— La police, murmure-t-il.

Je me penche vers lui.

— Il y a quelque chose que je ne comprends pas. Nous sommes en 99, Videla et ses tueurs ne sont plus qu'un mauvais souvenir pour la plupart des Argentins, pourquoi le gouvernement actuel mettrait-il des bâtons dans les roues aux gens qui cherchent la vérité sur leurs enfants ?

Il soupire encore une fois. Il a un beau visage douloureux d'homme distingué. Sa peau flétrie indique plus sûrement son âge que son allure, élégante. Cet homme a une classe naturelle qui émeut.

— Carlos Menem est arrivé au pouvoir par le marchepied du péronisme, et il a gardé près de lui la garde rapprochée des Videla, Viola et autres Galtieri. Alfonsin, le premier président élu après la dictature, a essayé de réparer les crimes et de juger et punir les assassins, mais bien peu l'ont été et une révolte des casernes, en 87, l'a obligé à mettre un terme à cette épuration de ce qu'on appelait ici la *guerre sucia*, la guerre sale. Lors du conflit des Malouines, les militaires ont été soutenus par la quasi-totalité du peuple argentin, même par certains de ses artistes et intellectuels, et quand Menem a accédé au pouvoir, il n'a plus voulu entendre parler de quoi que ce soit. D'ailleurs, il n'est presque jamais là. Il passe son temps à l'étranger à jouer les commis voyageurs. Au début de son mandat, beaucoup de scandales politiques l'ont secoué parce qu'il s'est entouré de grands financiers qui ne pensent qu'à l'argent. Des gens comme nous les embarrassent et les ennuient. Ils ne tiennent pas à ce que l'Argentine ait une mauvaise image auprès des Américains et des Européens. Alors, dès que l'un de nous bouge, on le ramène vite à la raison.

— Maria-Ana faisait partie du groupe de votre fille ? *Rojo Movimiento* ?

Il acquiesce.

— Oui. C'était eux qui s'en prenaient le plus aux militaires et aux policiers. Ils n'hésitaient pas à passer en voiture devant les casernes où étaient enfermés et torturés leurs camarades, comme la fameuse École Mécanique de la Marine, et à mitrailler les gardes. Ils entraient dans les postes de police et délivraient les détenus, déjà pour la plupart dans un sale état... On ne pardonne pas ça, ici. À part les opposants et leurs familles, les gens ne se plaignaient pas trop.

— Comment l'Argentine en est arrivée là ?

— Quand Perón est venu au pouvoir avec sa troisième femme, Isabel, après des élections triomphales, les groupes terroristes comme l'ERP — qui voulait anéantir le pouvoir des militaires — durent entrer dans la clandestinité. Mais les attentats ne cessèrent pas pour autant.

« Perón créa une formation à caractère répressif, la Triple A, alliance anticommuniste argentine, qui avait pour mission de traquer les terroristes. Là-dessus, Perón meurt d'une crise cardiaque, et la population, de la majorité à l'opposition, s'accorde pour louer ses actions. Sa femme, Isabel, le remplace, mais sa désastreuse gestion, les attentats sans fin, les assassinats d'opposants, les manifestations incessantes, sont une situation propice à un coup d'État militaire que réclame d'ailleurs la population. Videla, Agosti et Masseri prennent le pouvoir, instituent l'état de siège pendant que le Congrès et les partis politiques sont dissous, et entreprennent le « processus de réorganisation nationale » dont on subit encore les conséquences.

« Il faut que vous sachiez, poursuit-il en se penchant vers moi, que vous êtes dans le pays le plus mégalomane d'Amérique latine. Vous savez ce que disent les Argentins ? "Les Péruviens descendent des Incas, les Mexicains des Aztèques et les Argentins du bateau." Mes compatriotes sont persuadés d'être des Européens cultivés et leur ego est considérable. Alors, quand on veut se mêler de leurs affaires, ils deviennent impitoyables.

— Votre fille a été tuée, monsieur ?

— Son corps ne nous a jamais été rendu, mais nous savons qu'elle est morte. Moi, je le sais, ma femme ne veut pas l'entendre, alors vous pouvez imaginer sa souffrance. Ce que nous désirons par-dessus tout c'est récupérer les deux petits garçons qu'elle portait au moment de sa mort.

— Comment savez-vous qu'ils sont toujours vivants ?

Ma question l'a arrêté dans son élan. Il pousse un énorme soupir.

— Lorsque ces assassins arrêtaient une femme sur le point d'accoucher, ils la laissaient en vie jusqu'à sa délivrance et la tuaient ensuite en gardant les enfants.

— Pourquoi faisaient-ils ça ?

— En Amérique du Sud, tout au moins chez nous,

l'enfant a une très grande importance ; ne pas en avoir est considéré comme une tare, surtout pour les hommes qui y voient une mise en cause de leur virilité. Ces enfants prenaient alors une grande valeur marchande, et ils pouvaient être vendus à des gens riches qui n'en avaient pas.

Je suis abasourdie. Une telle ignominie dépasse l'imagination. Tout le monde a entendu parler de ces enfants volés, mais être confrontée à une victime est autre chose.

— Ana-Maria est venue vous voir parce qu'elle connaissait l'histoire de votre fille ?

— Oui. Nous n'avons pas eu de ses nouvelles depuis qu'elle avait quitté le pays, mais quand elle a été chargée de cette mission elle nous a contactés. Nous lui avons dit que nos démarches n'avaient rien donné, et qu'il était même dangereux d'insister. Elle nous a répondu qu'elle arrivait. Ma fille et elle étaient de très grandes amies.

Je regarde dans le miroir les deux hommes assis derrière nous. Ils ne se donnent même pas la peine de faire semblant d'être discrets. Ils nous observent ouvertement. Je les désigne à Carlos d'un mouvement :

— Ils risquent de vous faire des ennuis ?

— Ils me connaissent, mais vous, ils peuvent vous accuser de n'importe quoi et vous expulser. Je suis désolé de vous avoir entraînée là-dedans.

Moi, ce qui me désole, c'est ce que j'ai appris sur Nina. Comment avons-nous pu vivre ensemble sans qu'elle ne me dise rien de cette histoire, et pire, qu'elle m'ait parlé de cette mission sans m'avouer son implication personnelle ? C'est comme si je venais de rencontrer une inconnue.

— Il faut partir, maintenant, conclut Carlos. S'ils vous interrogent, dites-leur que c'est Maria-Ana qui vous a parlé de moi et que vous avez voulu me rencontrer.

— C'est quoi, le 1621 Tacuari ?

— L'endroit où ils se réunissaient du temps des généraux. Quand tout a été fini, j'ai continué de le louer par respect envers la mémoire de ma fille. J'y ai retrouvé certaines de ses affaires, dont je n'ai jamais pu me séparer. C'est là que Maria-Ana m'avait donné rendez-vous, elle non plus n'avait pas oublié. Je ne l'y ai pas vue. Je l'ai attendue toute la soirée, mais elle n'est pas venue. Je crois que les services secrets les ont retirés un temps du circuit pour leur faire peur. Mais je ne pense pas qu'ils leur feront du mal, ce n'est pas leur intérêt.

— Ça veut dire qu'elle a disparu ce jour-là ? Mercredi, jeudi ?

— Mercredi. Je ne connaissais rien de sa vie et je n'ai pu prévenir personne. Elle se taisait par prudence, ajoute-t-il comme s'il était sensible à mon désarroi.

Ce que je lis sur son visage à lui n'est pas le désarroi, mais une immense souffrance. Pas une souffrance vive qui vous cabre et vous fait réagir, mais une lassitude, un désespoir qui englue la vie et oblitère l'avenir.

— Il faut que je retrouve Maria-Ana, dis-je, je ne partirai pas avant.

Il hoche la tête. Il doit me trouver bien présomptueuse, moi la petite Américaine pleine de certitudes, qui débarque dans un pays où elle ne connaît rien ni personne.

— Il va vous falloir entrer dans la clandestinité, murmure-t-il, et ce sera dur pour quelqu'un qui n'est pas du pays et qui n'en a pas l'habitude.

— Je suis reporter, spécialiste des affaires criminelles : des coups tordus, croyez-moi, j'en ai connu beaucoup, je ne suis pas démunie.

Il esquisse un vague sourire. Il doit se dire qu'avec ma gueule de juive américaine à la Barbra Streisand, je n'ai pas la tête de l'emploi.

— Vous êtes descendue où ?
— Au *Liberty*, 632 Corrientes.
— Il faut le quitter, faire semblant de repartir.
— Et ensuite ?
— Je vais vous donner une adresse, celle d'une amie, une grand-mère, une Folle de Mai. Bien sûr elle est connue des services de police, mais on ne l'ennuie pas, elle sert d'alibi à notre pseudo-démocratie. Elle, c'est sa petite-fille qu'elle recherche. Elle avait deux ans quand elle a été enlevée avec sa maman. Elle vous accueillera.

J'observe pensivement le vieil et bel hidalgo et il me revient la phrase de Raul Gonzalez Tùnon : *« Je suis triste et cordial comme un légitime Argentin. »* Mais à part être tristes et cordiaux, ils sont quoi les Argentins ? Quand je pense que Nina m'a recommandé d'être prudente pendant son absence et de ne m'occuper que de la rubrique des chiens écrasés ! À cause d'elle, me voilà lancée dans la lutte clandestine en pays étranger : je ne peux reconnaître là que l'humour de Dieu.

À l'abri de son journal, il griffonne sur un bout de papier l'adresse de son amie.

— Mafalda Lyon, 251 Riobamba, téléphone, 476 01 00. Je vais la prévenir.

Il fait glisser le bout de papier vers moi. Je m'en empare et le mets dans ma poche.

— Merci.
— Si vous avez besoin de quoi que ce soit, voici mon numéro. Si je ne suis pas là, laissez un message, je vous rappellerai. Souvenez-vous que vous n'êtes pas aux États-Unis, soyez prudente.
— Je vais prévenir mon ambassade.
— Non. (Je le regarde, surprise.) Non. Votre pays

n'a pas intérêt à ce que l'Argentine passe pour traîner des casseroles derrière elle. Cette histoire risque de le gêner d'autant que Maria-Ana est de nationalité argentine. Je pense que Maria-Ana réapparaîtra quand ils estimeront l'avoir découragée. Le chantage est une arme latine. Je vais réactiver mes réseaux pour en savoir davantage. À mon avis, ils ont voulu l'intimider.

— « Ils » ?

— Ceux qui protègent les anciens tortionnaires et leurs amis.

— Quels sont leurs amis ?

— Notre extrême droite et les vieux nazis qui ont fait des petits.

15

La porte s'ouvrit, laissant le passage à deux hommes cagoulés.

— Levez-vous, et suivez-nous.

— Qui êtes-vous et où m'emmenez-vous ?

— Nous vous déménageons.

Elle les regarda. Ils n'avaient pas l'air particulièrement menaçants.

— Je veux savoir pourquoi j'ai été enlevée et enfermée ici.

— On vous le dira le moment venu.

À leur accent, elle sut qu'ils étaient argentins.

— Je suis citoyenne américaine et j'étais accompagnée de deux collègues, américains aussi. Que sont-ils devenus ? Vous rendez-vous compte ce que ça signifie, d'enlever et séquestrer des citoyens américains chargés d'une mission officielle ?

Un des hommes se rapprocha.

— Ne nous obligez pas à employer la force. Si le patron veut vous donner des explications, il le fera.

— Qui est votre patron ?

Avec un soupir, l'homme fit deux pas en avant et l'empoigna par le bras. Elle se dégagea vivement.

— Je veux voir votre patron !

Un homme apparut sur le pas de la porte. Il était petit, brun et râblé. Argentin lui aussi.

— Ne faites pas d'histoire, Mrs Gutierez-Cabrerra,

vous recouvrerez votre liberté quand nous le jugerons bon.

— Qui êtes-vous ?
— Moi ? Comment dire, une sorte d'intendant, un... régisseur de théâtre, vous voyez, déclara-t-il en riant, aussitôt imité par les deux autres.
— Alors je veux voir le metteur en scène, répondit-elle sur le même ton.
— Mais c'est justement ce que nous allons faire. Nous vous y emmenons. Il n'est pas là, il nous attend.
— Où ?

L'homme soupira, comme s'il était fatigué de donner des explications.

— Mrs Gutierez-Cabrerra, si j'étais vous, je ne ferais pas d'histoires.
— Pas d'histoires ! Ça fait une semaine que je pourris ici, enfermée seule dans cette pièce sans fenêtre, complètement isolée, et vous voulez que je ne fasse pas d'histoires ! Où sont mes amis ? Vous savez que nous sommes mandatés par une organisation internationale ? Vous savez ce que ça va vous coûter, cette fantaisie ?
— C'est pas moi qui décide. Allons, venez.

Elle hésita. Tout plutôt que passer une minute de plus dans cette cave. Un des hommes s'approcha et voulut lui poser un bandeau sur les yeux. Elle se recula vivement.

— Obligatoire, Mrs Gutierez, dans votre propre intérêt. Vous ne devez pas voir où l'on vous emmène.

La pensée d'être aveuglée la terrorisait. Mais elle devait savoir. Elle fit signe qu'elle acceptait. Les yeux bandés, elle se laissa guider jusqu'à une voiture qui démarra dès qu'elle fut montée, et le voyage commença.

16

— Préparez-moi ma note, je m'en vais, dis-je au réceptionniste.

— Vous nous quittez déjà ? demande-t-il avec un sourire ironique. Le pays ne vous a pas plu ?

— Le pays, ça va, ce sont certains Argentins qui ne me plaisent pas. Je descends dans cinq minutes et je ne veux pas attendre.

Il secoue la tête.

— Ce sera prêt.

Je monte dans ma chambre préparer mes affaires et m'aperçois aussitôt qu'elles ont été fouillées. Je m'assois, brusquement accablée. Je dois prévenir l'organisation « Enfants dans la guerre ». À l'instant où ma main se pose sur le combiné, je me rétracte. La parano commence à me gagner et j'ai peur que la ligne ne soit pas « propre ». J'appellerai d'une cabine.

Après vérification, rien ne manque dans mon sac, et pourtant je suis sûre qu'il a été fouillé. La trouille commence à me saisir. Je vais filer directement à mon ambassade me mettre à l'abri. Eux sauront quoi faire. Je ne vais pas aller chez cette Mafalda, tout ça sent le mauvais roman d'espionnage. On ne disparaît pas comme ça dans l'Argentine d'aujourd'hui. Bon dieu ! Des dizaines de personnes savent que Nina est venue enquêter sur les enfants volés. Elle est payée pour ça. Nina n'est pas une anonyme. C'est une universitaire de haut vol, expert auprès de la Commission sur les crimes de guerre, juriste internationale, professeur à Berkeley !

On ne kidnappe pas de cette façon une citoyenne américaine, même si elle a la double nationalité, même avec un dossier d'ancienne terroriste. Ça remonte à vingt ans ! Le régime de Menem est libéral, les généraux c'est fini ! Nom de dieu, je pète les plombs, là ! C'est directement à l'ambassade que j'aurais dû aller. Je vais tout leur déballer et ils auront intérêt à se remuer, sinon je vais leur faire une pub d'enfer, moi !

Ma colère m'a soulagée. Ça fait du bien de laisser échapper la vapeur. Depuis que je suis arrivée, j'ai l'impression de m'être fait mener en bateau par les uns et les autres. Entre la caricature de colonel et l'hidalgo, ils ont passé leur temps à me raconter des salades.

Qu'est-ce que j'en ai à faire de leurs petits-enfants volés, de leurs gosses disparus, chacun sa merde ! Partout dans le monde, à chaque minute, des mômes disparaissent, des femmes, des hommes qui ne demandaient rien à personne. On peut pas mettre le doigt sur une foutue mappemonde sans tomber dans une salle de torture ou sur un charnier. Et que je te viole, et que je te découpe, et que je te bousille ! Et qui ça empêche de dormir ?

Je vais trouver l'adresse d'« Enfants dans la guerre » et eux aussi ils ont intérêt à se remuer !

Je boucle mon sac, claque la porte et déboule dans le hall.

— Alors, c'est prêt ?
— Oui, madame.

Je prends la note et règle sans desserrer les dents. Je dois avoir la gueule un brin crispée parce que l'homme au bras d'or ne ricane plus.

Je sors et attrape un taxi au vol.

— À l'ambassade des États-Unis.

Je ne regarde même pas s'il a des dents.

17

— Veuillez vous asseoir, je vous prie, que puis-je faire pour vous ?

Je suis assise face à un sous-sous-secrétaire d'ambassade et je ne peux même pas vous le décrire parce que ça ne ferait pas vrai.

Vous mettez dans un bol une boule rose avec des cheveux blonds coupés ras, des yeux vagues, des oreilles minuscules, une bouche pincée, une cravate au nœud serré et un costume en polyester gris sur une chemise blanche, vous secouez, et vous présentez sur un plat un pur produit de l'administration, persuadé par papa d'être à l'aube d'une grande carrière, et déterminé à attendre la retraite dans une bulle.

— Je m'appelle Sandra Khan, et je viens signaler une disparition.

— Vous avez perdu vos papiers ?

Je hausse un sourcil et grimace un sourire.

— Pas de papiers ; trois personnes, une femme et deux hommes en mission pour « Enfants dans la guerre ». Ils sont arrivés en Argentine le 19 et je n'ai plus de nouvelles depuis le 21.

— De ce mois ?

— Oui.

Il me balance un regard naturellement vacant.

— Nous sommes... nous sommes, dit-il en se penchant vers l'agenda installé sur son bureau, le 26, je ne pense pas que vous deviez vous alarmer. Une femme et deux hommes, dites-vous ? Excusez-moi, un couple marié avec un ami, peut-être ?

Je fixe son nœud de cravate en me disant que son cerveau doit être dans le même état.

— Non, pas marié et pas d'amant. Des experts envoyés par l'organisme non gouvernemental « Enfants dans la guerre » afin d'enquêter sur la disparition des enfants du temps des généraux.

Ses yeux de veau s'arrondissent.

— Disparition d'enfants ? Quels enfants ?

J'explique en articulant :

— Du temps de la junte, il y a eu des milliers d'assassinats d'opposants au régime, et leurs enfants — qui pour la plupart étaient jeunes — ou ceux dont les mères étaient sur le point d'accoucher et ont été tuées, n'ont pas été rendus à leurs familles.

Le trou qui lui sert de bouche s'entrouvre dans ce qui doit être pour lui la marque d'un profond étonnement. À mon avis, ce type s'alimente avec une sonde.

— Je ne suis pas au courant. Qui étaient ces opposants, des communistes ?

Je transige.

— Il devait y en avoir, mais la plupart étaient seulement des démocrates qui refusaient la dictature.

— Et quel rapport avec les experts dont vous m'avez parlé ?

— Parce qu'ils sont venus pour tenter de retrouver...

Je m'interromps. Est-ce que je ne viens pas de lui expliquer ? Ou je commence un Alzheimer ?

— Je ne comprends pas le rapport, répète-t-il.

C'est lui, l'Alzheimerien.

— Maria-Ana Gutierez-Cabrerra, Stanley Warner, Ruiz Estrella, ont été mandatés pour enquêter... Vous avez entendu parler des Folles de Mai ? (Il hoche la tête.) Bon, eh bien c'est la même chose. Vous voyez maintenant ?

— Et pourquoi pensez-vous qu'ils aient disparu ?
— Parce qu'ils ont disparu. Nous n'avons plus eu de leurs nouvelles depuis le surlendemain de leur arrivée.

J'hésite à lui parler de mon entrevue musclée avec le Colonel et l'histoire de Carlos. Confusément, je sens que ça ne lui plairait pas.

Il gratte le tapis brosse qui orne son crâne.

— Vous avez prévenu l'organisme « Enfants sous la guerre » ?
— DANS la guerre. Non, je voudrais que vous le fassiez vous-même.
— Nous ? Mais je ne les connais pas.
— J'ai le numéro. Je voudrais que ça vienne d'ici pour... enfin, vous voyez.

Non, il ne voit pas.

— Je ne suis pas habilité... commence-t-il.

Je martèle :

— Trois citoyens américains ont disparu.
— Quels noms avez-vous dits ?
— Mrs Gutierez-Cabrerra possède la double nationalité, Stanley Warner est américain, et je pense que Ruiz Estrella a aussi la double nationalité, mais je n'en suis pas sûre. Mais si on en retrouve un, on retrouvera les deux autres.

Il s'appuie des deux mains contre son bureau.

— Je vais me renseigner, finit-il par lâcher. Ça peut prendre du temps. Où résidez-vous ?
— Pourquoi, « prendre du temps » ? Vous n'avez qu'à téléphoner à « Enfants dans la guerre » pour tout comprendre.

Le trou de balle se rétrécit en trou d'épingle. Comment il embrasse, ce type ?

Il examine le plafond, les deux bras toujours tendus contre son bureau, comme s'il voulait mettre le plus de distance possible entre lui et le problème agaçant assis en face de lui.

— Je peux essayer, cède-t-il en soupirant. Quoique, si vos amis ont décidé de ne plus donner de leurs nouvelles... ça les regarde.

Je lui balance mon regard noir abyssal et lui colle le numéro sous les yeux.

— Hum... Atlanta... côte Est... Quelle heure est-il, là-bas ?

— Ça va, c'est bon, dis-je. Après-midi.

Il sort une petite langue rose, s'humecte les lèvres, et compose le numéro. Je n'en crois pas mes yeux. Enfin, ça va bouger. Je ne connais pas l'organisme « Enfants dans la guerre », mais il est certain que s'ils reçoivent une communication de l'ambassade des États-Unis pour leur signaler la disparition de l'une de leurs délégations, ils vont réagir. Enfin, peut-être.

— Allô ? Bonjour, ici Neil Mac Neil. Je suis sous-secrétaire adjoint à l'ambassade américaine... Neil Mac Neil... non, Mac Neil... oui... Neil Mac Neil... c'est-à-dire, explique-t-il d'une voix un peu agacée, que ma famille m'a donné le prénom de mon nom... oui... mais ce n'est pas pour ça... ah bon ? Tiny Vantiny ? Oui, c'est curieux aussi... italien ? Ah oui... moi c'est irlandais... Bien, je vous appelais... je suis à Buenos Aires... Buenos Aires... non, en Argentine, pas au Brésil... Rio de Janeiro, je crois... oui... je ne sais pas, au-dessus, je crois... oui, c'est un continent compliqué... Ah, oui, je vous appelais parce que j'ai devant moi une jeune femme qui est venue me dire que trois de ses amis avaient disparu... comment ? Ici, en Argentine, d'après elle... pourquoi je vous en parle ? (Il se tourne vers moi :) La jeune fille me demande en quoi elle est concernée par la disparition de vos amis...

— Parce que c'est son foutu organisme qui les a envoyés !

Il me considère avec effroi. J'ai dû élever le ton sans m'en rendre compte.

— Vous avez entendu ? demande-t-il à son interlocutrice. Leurs noms ? Quels noms ? me demande-t-il.

Je les lui répète pour qu'il les transmette à son interlocutrice.

— Oui, trois personnes... arrivées ici le... ?

Il hausse les sourcils vers moi.

— Le 19.

— Le 19. D'après leur amie, elle n'a pas eu de nouvelles d'eux... oui, c'est ce que je pense... c'est ce que je lui ai dit.

Je lui pose la main sur le bras.

— Une seconde. Demandez-lui si elle est au courant de cette mission, sinon qu'elle nous passe un responsable.

Il hoche affirmativement et énergiquement la tête.

— Oui, c'est justement cette jeune fille qui s'occupe du suivi des missions.

— Alors, elle sait de quoi il s'agit ?

Il transmet, et quand il écoute la réponse il me regarde de haut.

— Ah, bon... pas sur l'Argentine... seulement la femme ? Et les deux autres ? Vous ne connaissez pas... oui, je crois que c'est ce nom... Gutierez-Cabrerra... professeur... ? Peut-être, je ne sais pas... (Je fais oui de la tête.) Oui... on me dit qu'elle est professeur... bon, ben c'est pas grave, c'est sûrement l'explication... je vous remercie, miss Vantiny, et si vous passez par Buenos Aires, je me ferai un plaisir de vous rencontrer... ah bon, quand ça ? Ah, mais je suis là. Mes congés tombent en novembre... oui, oui, on a le temps... ah, ah, ah... à bientôt alors.

Il raccroche et je le regarde.

— Alors ?

Il soupire en écartant les bras.

— Ben, vous avez entendu comme moi. Ils ne connaissent pas les deux hommes. C'est vrai que la femme... heu... Gutirez, a été contactée pour venir ici... mais rien... pour les autres. En tout cas, eux ne sont pas au courant.

Je regarde son trou s'élargir et se resserrer sans bien entendre ce qu'il dit.

— Attendez, vous avez compris ce qu'elle vous a dit ?

— Mais oui. Ils ont effectivement contacté il y a quelque temps Mrs... heu...

— Gutierez-Cabrerra.

— C'est ça, mais rien... pour les hommes. La dame a reçu des documents, d'après ce que j'ai compris, un billet d'avion, des défraiements... mais pour une seule personne.

— C'est faux !

Le téléphone sonne sur son bureau ; il décroche et écoute. Son sourire s'élargit. Enfin, manière de dire.

— Oh, déjà, j'ai pas vu le temps passer, je descends. Excusez-moi, je dois m'absenter, me dit-il.

Je regarde l'heure. Cinq heures. On ferme.

Alors qu'il s'est déjà levé et vient vers moi pour me pousser vers la porte, j'insiste :

— Qu'est-ce que vous allez faire ?

Il soupire d'un air navré.

— Que puis-je faire ? Il n'y a plus d'hommes disparus et la jeune fille au bout du fil m'a affirmé qu'il ne fallait pas s'inquiéter pour l'autre personne : ce genre de mission peut les emmener n'importe où, et ils ont l'habitude de perdre le contact.

— Oui, mais pas moi. Maria-Ana devait me téléphoner chaque jour.

— Ah, bon ?

— Oui. Et elle ne l'a pas fait. Et moi, j'ai été enlevée en pleine ville par un colonel qui m'a menacée en disant que je ne devais pas fourrer mon nez partout ! J'ai aussi rencontré un vieil Argentin qui avait rendez-vous avec mon amie et qui ne l'a pas vue !

Ses yeux se plissent, ses lèvres se pincent.

— Revenez un peu plus tard, me dit-il en me prenant fermement le bras et en me poussant dehors. Vous savez, bien souvent, dans un pays étranger, on croit qu'il arrive des choses inconcevables chez nous. Eh bien, c'est faux, je le sais par expérience. Il n'arrive pas plus de choses ici qu'ailleurs. Mais vous comprenez, quand on ne connaît pas la façon de vivre des gens, on peut être choqué, c'est humain. Tenez-moi au courant, madame... heu...

Il referme la porte sur moi. Un Marine, raide comme une barre, garde une porte. Sûrement celle de l'ambassadeur. Des fois qu'il s'envolerait. L'ambassade est quasi vide à part lui. Elle s'endort tôt, l'ambassade.

18

Je débarque sur le trottoir et m'aperçois que notre représentation diplomatique est à un jet de pierre de l'immeuble où j'ai fait la connaissance du colonel Gégène. C'est un quartier résidentiel où flottent les drapeaux de nombreuses ambassades et où s'alignent des immeubles rupins.

C'est ultra-chic et ultra-désert. J'enfile la rue Juez-Tedin qui s'incurve bizarrement pour se retrouver dans Libertador et Cavia, et je débouche... dans un parc. Je frissonne. Pas de froid, bien qu'on soit en hiver. Je frissonne parce que depuis que j'ai quitté Bud Abbot, je suis suivie.

J'ai collé mon sac à la consigne de la gare Retiro et je vois sur mon plan que c'est tout près. Je longe une partie du parc, reprends l'Avenida del Libertador pour m'arrêter devant une vitrine de joaillier et dans le reflet j'aperçois la « mouche ». Moustachu, rondelet, haut comme trois pommes. Il m'attendait à la porte de l'ambassade. Bien sûr, il est tellement lambda que ça pourrait être quelqu'un d'autre.

Je repars et débouche avec soulagement sur une place animée, entourée de restaurants et de cafés chics, parmi lesquels je retrouve le... *Café de la Paix*. Ou Buenos Aires est moins grand que le Bronx, ou je tourne en rond.

Dans un café, je demande le chemin de la gare.

C'est à deux pas, si j'ai bien compris. Parfait. Mais qu'est-ce que je fais du papier collant qui se traîne à mes basques ?

D'après ce que m'avait conseillé l'hidalgo, je devais faire semblant de repartir et plonger dans la clandestinité. Fort bien. Encore faudrait-il que je dispose d'une demi-heure de solitude.

Je m'arrête pour réfléchir et en profite pour regarder autour de moi. Bingo. Le pot de colle est planqué derrière un parasol, mais la pointe de son ventre dépasse du piquet. Avisant une agence de voyage, je m'y dirige d'un pas résolu. Les Argentins doivent être de grands voyageurs, car le magasin est plein et tous discutent de leurs projets en faisant participer les autres. Je me mêle à la conversation et pique une pochette d'Aerolinas Argentinas qui contient habituellement les billets d'avion. Mon amoureux me surveille du trottoir d'en face. À mon avis, il débute dans le métier.

En agitant ma pochette de billets, je remercie avec force sourires, puis sors en arborant un air ravi. Je fais semblant de lire ce qu'il y a à l'intérieur de la pochette, consulte ma montre, et me dirige d'un pas décidé vers la gare. L'autre m'emboîte le pas.

Retiro est la gare la plus importante de Buenos Aires, à côté Grand Central fait figure de gare provinciale. Je tourne un moment avant de repérer les consignes où je suis venue quelques heures plus tôt déposer mon sac, laissant le temps à mon suiveur de faire son boulot.

Je retire mon bagage et fais mine de consulter ma pochette de billets. Bon, il est 7 heures, normalement il n'y a plus de vols internationaux ou ils sont tous complets. Donc, si je prends un hôtel, ça semblera plausible. Il téléphonera à ses supérieurs en disant que j'ai un billet d'avion et que vu l'heure, je partirai le lendemain. Enfin, c'est comme ça que je raisonnerais.

Je jette mon dévolu sur l'*Ecuador Hôtel*, trois étoiles. Ont-ils des chambres ? *Si, señora*. Parfait. Une chambre pour une nuit, *por favor*. *Gracias*.

Je me déshabille en quatrième vitesse et me colle sous la douche. Et c'est seulement à ce moment-là que je m'aperçois que je n'ai rien mangé depuis le matin et que je crève de faim.

19

Elle avait les reins moulus par elle ne savait combien d'heures de voyage. Depuis un moment, on lui avait enlevé le bandeau des yeux. De toute façon, elle aurait été bien incapable de reconnaître quoi que ce soit dans ce paysage pelé à perte de vue, résolument plat, planté de loin en loin d'un ombus, cet arbre au feuillage gigantesque qui n'a généralement comme voisins que des poteaux télégraphiques servant de perchoirs aux oiseaux de proie.

Elle avait plusieurs fois tenté de savoir où ils étaient, où ils allaient, mais le « régisseur » assis à côté du chauffeur s'était contenté de sourire en lui demandant de patienter. À côté d'elle était assis un des encagoulés, qui à présent ne l'était plus. Ce n'était pas très rassurant de voir son visage. Non qu'il fût particulièrement repoussant, mais quand un tueur se dissimule, il a l'intention de vous laisser partir. Dans le cas contraire...

Elle pensa à Sandra. Elle devait être morte d'inquiétude et assaillir tous les organismes censés la renseigner. « Enfants dans la guerre » avait dû lui dire qu'ils n'avaient plus de nouvelles, mais que c'était normal. Elle connaissait la désinvolture de ces associations. Mais Sandra n'était pas femme à se laisser rassurer facilement. Peut-être même se trouvait-elle en Argentine. Ça ne l'aurait pas étonnée. Sandra était incapable d'attendre. Elle ne vivait que dans le mouvement. Se poser lui semblait une perte de temps. L'impatience et l'anxiété étaient ses caractéristiques fondamentales. Elle disait n'avoir peur de rien alors qu'elle pétait tout le temps de trouille, en affirmant que le pire est toujours certain.

Elle poussa un soupir attendri. Elle l'aimait drôlement, sa rouquine. Pas rouquine d'ailleurs, mais auburn, comme disent les Français, c'est-à-dire cuivre sombre et chaud. Très sombre, très chaud. Et son nez. Elle en faisait des tonnes avec son nez. Elle disait qu'elle avait un nez d'Indien, ou d'Inca. Busqué et agressif. Une bouche gourmande et chaude. Très chaude. Ah, sa bouche !

— Nous arrivons, annonça le passager de la place du mort.

La route descendait vers un creux où s'étalait une immense demeure entourée de plaines à l'infini et de marécages. À l'horizon, derrière les rares bouquets d'arbres, s'étendait une nappe de lumières si nette qu'on l'aurait dite coupée au cutter.

— Colonia Bismark, dit le guide.

— Quoi ? dit Nina.

— La ville, là-bas. Soixante mille habitants, fondée par les Allemands au début de ce siècle.

— On va là ?

— Non, on va là, répondit le guide en désignant l'immense *estancia*. Propriété de Markus Völner, éleveur, propriétaire terrien. Trois cent mille hectares, trois mille chevaux, cinquante mille vaches et taureaux. Très riche, très puissant, mon patron, termina-t-il.

— Et qu'est-ce que je viens faire là-dedans ?

Le « régisseur » eut un geste négligent de la main.

— Il aime les jolies femmes.

20

Le lendemain matin, je téléphone à Mafalda. Elle me dit qu'elle était inquiète parce qu'elle m'attendait la veille. Je lui réponds que si tout va bien, je serai là dans la matinée. « Tout va bien » veut dire que j'aille à l'aéroport faire semblant de m'envoler, afin de rassurer mon copain collant et surtout sa hiérarchie.

Au buffet de l'hôtel, affamée depuis la veille, je me gave d'*empanadas* à la viande et de *tortas fritas*, que je fais passer avec un grand pot de café. Mon appétit amuse le petit personnel qui en rajoute en me rapportant d'autres plats. Je joue le jeu jusqu'à ce que je puisse à peine me déplacer. Une de mes caractéristiques est de me goinfrer quand je suis inquiète.

En réglant la note, je raconte au réceptionniste que je file attraper mon avion, en parlant assez fort pour être entendue du fond de la salle à manger. J'indique au taxi — à haute et intelligible voix — l'aéroport Ezeiza. Par la vitre arrière, je vois une voiture noire, banalisée, décoller du trottoir. Parfait.

Le *tachero* me laisse aux lignes internationales et je me précipite vers le tableau des départs. Un avion décolle dans une heure pour Los Angeles. Je note le numéro du vol et la porte d'accès et jette un coup d'œil derrière moi. Deux types en costume noir viennent d'apparaître, copies conformes de mon copain de la veille. Au comptoir, j'entame une conversation animée, moitié en yiddish, moitié en anglais, avec l'employée qui ne comprend rien. Je fais des gestes en direction de la porte d'accès au vol en la remerciant chaleureusement.

Les deux mannequins se traînent à ma suite dans une boutique où je passe un quart d'heure à faire sortir tous les foulards des tiroirs, puis dans une autre, où là ce sont les sacs qui s'aèrent. Il ne reste plus qu'un suiveur. L'autre doit être dans le même état d'asphyxie que les deux malheureuses vendeuses que j'ai assaillies, et a dû évacuer.

Je remercie et entre dans les toilettes. Au bout d'un moment, je ressors prudemment en entendant l'annonce de mon vol. Le mannequin restant m'attend devant le comptoir des départs. Comment m'en sortir ? Je prends la file d'attente derrière une mémé argentée — dans tous les sens du terme. Le mannequin se déplace pour ne pas me perdre de vue. Consciencieux, le gars. Ça va être à moi et je n'ai encore trouvé aucune ruse. Je ne peux décemment pas tendre ma pochette vide à l'employée.

La mémé argentée pose à côté d'elle son sac Vuitton grand comme une malle qui lui tire le bras, pour regarder de l'autre côté, attirée par une dispute entre deux voyageurs. Toute la file participe et se réjouit. Je jette un coup d'œil autour, me saisis du Vuitton et file. Un flic débonnaire regarde l'engueulade d'un air indifférent. Je m'approche de lui. Je suis cachée par les autres passagers et aperçois la mouche qui me cherche déjà des yeux. Je vire le sac derrière un pilier au moment où la mémé pousse des glapissements de femme égorgée. Le flic ôte les mains de son ceinturon et se redresse. La mémé tourne sur elle-même en hurlant en espagnol.

— C'est son sac, je dis au flic, le type là-bas, il lui a piqué son sac !

J'aide mon espagnol rudimentaire de gestes expressifs. Il fronce les sourcils, analyse la situation avec rigueur et célérité et, poussant à son tour des cris, se précipite sur mon suiveur qui le regarde arriver, ébahi. Il l'empoigne et le secoue pendant que la mémé vient à la rescousse de son sauveur.

— Il faudrait avancer, monsieur, dis-je au type qui était devant la mémé, on va rater l'avion.

L'employée me lance un coup d'œil reconnaissant et je m'éclipse par une porte latérale. Le deuxième larron, appuyé sur sa voiture, est en train de fumer.

Je m'engouffre dans le *subte*[1].

---

1. Métro.

21

Mafalda. Dès qu'elle ouvre la porte, je me sens déjà mieux. Physiquement, Mafalda c'est la tête de la Magnani sur le corps de la Walkyrie. Un regard cerné et impérieux empreint d'une infinie tendresse. Je ne suis pas encore entrée que ce regard m'apaise déjà. Voir Mafalda, c'est remonter le temps et revenir dans le ventre de sa mère.

— Sandra Khan ? Entrez. (Elle m'examine gravement dans un petit vestibule aux murs couverts de photos en noir et blanc.) Je suis contente que vous soyez là.

Elle parle anglais avec un accent espagnol qui fait chanter les fins de phrases.

— Moi aussi, dis-je.

— Venez.

Elle m'entraîne dans une pièce où arrive le bruit de la rue. Ce n'est pas dans les meubles et la décoration que Mafalda perd son temps. Un canapé semi-défoncé, enseveli sous des journaux et des photocopies, un bureau dans le même état, des chaises, un buffet, un téléphone, un fax, une grosse photocopieuse, un ordinateur, un modem, un scanner. Bref, un endroit où l'on travaille, communique et agit.

— Asseyez-vous, débarrassez-vous de votre sac.

J'obéis, pendant qu'elle dégage un carré sur le

canapé, mettant en tas branlant une montagne de paperasses.

Elle quitte la pièce et revient avec deux tasses de café et deux assiettes remplies de la gourmandise préférée des Argentins, le *dulce de leche*, une sorte de lait bouilli caramélisé et vanillé que l'on vous sert en pâte. Personnellement je n'apprécie pas du tout, d'autant qu'il y a moins de deux heures que j'ai liquidé le buffet de l'hôtel. Mais on ne refuse pas ce que propose Mafalda. Vous allez me dire que ça fait moins de dix minutes que je suis là et que déjà je parais subir sa loi. Vous avez raison. Mais c'est parce que vous ne connaissez pas Mafalda.

— C'est bon ?
— Très. Je n'ai rien mangé de meilleur depuis que je suis arrivée.

Elle hoche la tête : elle n'en attendait pas moins.

— Alors, racontez.

Je raconte. Pendant ce temps, elle liquide une autre assiette de *dulce de leche.*

— À vous, à présent, dis-je quand j'ai terminé.
— Moi, j'avais une fille, Isabell, comme la femme de l'autre porc, mais mon Isabell c'était autre chose, et d'ailleurs je l'ai eue avant l'autre.
— Vous... vous parlez de Perón ?
— De qui d'autre ?
— Non, parce que vous parlez de fille...
— Elle aurait pu être sa fille, elle avait l'âge, pouah ! (Elle crache vraiment par terre.) Ma fille, elle était étudiante, en histoire, en philosophie, en économie... eh oui, dit-elle devant mes yeux étonnés, c'était une surdouée, ma fille ! Elle s'entiche d'un autre étudiant, mignon, quoique sans colonne, un gentil, vous voyez ? Au bout de peu de temps, mon Isabell n'en veut plus et je lui donne raison ! Mais elle voulait un bambin, et avec lui ou un autre... bref, elle nous fait la plus ravissante petite fille de ce continent, un petit

cœur tout rose, des cheveux dorés et des yeux de miel. Où elle avait été chercher tout ça ? Nous on est des noirs, cheveux, yeux, tout !

— Son père, peut-être...

— Oui, son père, un fils de Scandinave ou je ne sais quoi ! Bref ! Arrivent Videla et les autres, des saloperies, de la pourriture, on voit ça tout de suite ! Isabell manifeste avec les autres étudiants, occupe son université, devient leader. Vous comprenez ?

Parfaitement. Les chiens ne font pas des chats.

— ... Elle s'engage encore davantage. Moi, je garde Eve, oui, elle s'appelle Eve, comme la première femme de l'Humanité ! J'imprime des tracts, je porte des messages. Isabell se bat avec son talent, ses convictions ! Elle parle, parle, enflamme les esprits ! C'était quelqu'un, ma fille ! La police l'arrête dans la rue alors qu'elle se promène avec Eve. Elle les embarque toutes les deux. Isabell, 24 ans, Eve, 2 ! Je cours comme une folle partout, hurle, tempête, on me laisse voir ma fille. Ma fille ! Ça, ma fille ? Ce fantôme amaigri et tordu de douleur de ce que lui ont fait ces charognes ! Je tape sur le garde, l'assomme, on me maîtrise, on veut me tuer, là, sous ses yeux. Ils me frappent, mais moi je m'en fous, je ne sens rien ! Isabell est couchée devant moi à moitié morte, et je ne sais pas où est ma petite-fille. Un de ces sauvages prend pitié, je ne sais pas, ou a peur du jugement de Dieu ! Ah, parlez-m'en de Dieu ! Il est beau, Dieu ! Il me laisse parler à ma fille et l'embrasser. Je la cajole, la caresse, dis que je vais la sortir de là, mais elle dit non en secouant la tête, non, elle, c'est fini, elle sait ce qu'ils vont lui faire. Quoi, que vont-ils te faire, ma fille, qu'ils ne t'aient déjà fait ? Et à ce moment-là, je ne sais pas encore ce qu'ils lui ont réellement fait, ces nazis ! Elle m'attire vers elle, se tend vers moi : « J'ai mordu l'oreille de ma petite Eve pour que tu la retrouves plus tard et que tu la reconnaisses. Son oreille droite, il lui en manque un morceau. »

Mafalda se tait et plante son regard noir dans le mien. Comme pour me prendre à témoin. Témoin de quoi ? De l'inhumanité de l'humanité ? De la saloperie des hommes ? Je ne suis pas un témoin. Je suis un bloc de rage et de dégoût. Un témoin se doit d'être impartial. Un témoin ne juge pas, il raconte. Un témoin n'a pas envie de tuer.

Quand Mafalda se lève, sa jupe ample et colorée tourbillonne et rend un peu de vie dans cette pièce qui s'en est vidée. Elle passe dans la cuisine, revient avec deux verres de vin.

— Tenez, c'est du vin de Salta, bon et fort. Buvez, c'est comme du sang, ça donne des forces !

Je ne réponds pas. Je pense à Isabell qui a coupé d'un coup de dent l'oreille de sa petite fille pour que Mafalda la retrouve. Ça fait vingt ans, et Mafalda continue de chercher. Est-ce qu'elle approche toutes les jeunes filles qu'elle rencontre pour voir si leur oreille est entière ? Est-ce qu'elle leur soulève les cheveux ?

— On va retrouver votre amie, dit-elle soudain en sifflant d'un coup son verre de vin. Ils ne lui feront rien. Plus maintenant.

— Vous pensez que c'est la police du gouvernement qu'il l'a arrêtée à cause de son passé ? Où dois-je me renseigner ?

— Non, pas le gouvernement. Le gouvernement a d'autres soucis que nous. Il nous laisse tourner autour de la Plaza de Mayo parce que ça amuse les touristes.

— Alors, quoi ?

Elle a un geste de la main.

— Plein de gens ici trouvent que même le gouvernement de Menem n'est pas assez à droite. Qui rêvent d'un État fort où l'armée ferait la loi. Vous savez, les

Argentins aiment se battre ! Ils n'aiment pas seulement le tango !

— Alors, où, qui ?

— Laissez, je vais voir.

Je n'ose pas lui dire que ça fait vingt ans qu'elle cherche sans avoir trouvé.

— Vous savez, Nina ne fait plus de politique. Elle donne des cours à l'université de Berkeley, près de San Francisco. Sa disparition n'est pas normale.

Elle secoue la tête.

— Elle était venue seule ?

— Non, avec deux assistants.

— De son université ?

Je hausse les épaules : je n'en sais rien. D'autant que « Enfants dans la guerre » ne les connaît pas. Je dois appeler le *chairman*.

— Je descends, dis-je soudain.

— Où allez-vous ?

— Je dois téléphoner à l'université de Nina au sujet de ses assistants. Il y a quelque chose qui me tracasse.

— Ici.

— Quoi, ici ?

— Téléphonez d'ici.

— Non, c'est loin et cher. Je descends dans une cabine.

Elle me regarde avec ses yeux noirs. Deux rayons à biopser les gens. Elle comprend que je ne céderai pas.

— Vous laisserez des dollars dans la soucoupe.

— D'accord.

Je regarde l'heure. Le *chairman* est chez lui. Je vais bien me faire recevoir.

Ça sonne deux fois avant qu'une femme ne décroche.

— Mrs Nolte ? Bonsoir, madame. Excusez-moi de vous déranger mais me serait-il possible de parler à votre mari ?... Sandra Khan, il me connaît. Merci.

Il devait être à côté : il prend l'appareil.

— Oui ?

— Bonsoir, Mr Nolte, pardonnez-moi de vous déranger, mais j'ai besoin d'un renseignement concernant Mrs Gutierez.

— L'avez-vous retrouvée ?

— Non, je la cherche.

— Où êtes-vous ?

— À Buenos Aires.

— À Buenos Aires... (Je sens que ça coince à l'autre bout. Certains silences sont éloquents.) C'est curieux, finit-il par dire.

— C'est aussi mon avis. Je me suis mise en rapport avec l'organisme qui l'a missionnée et ils m'ont répondu ignorer qui étaient les deux hommes qui l'accompagnaient. Les connaissiez-vous ?

— Moi ? Pas du tout. Je les ai vus pour la première fois à l'aéroport le matin où ils sont partis, et je croyais que Mrs Gutierez les connaissait... Vous savez, tout ça s'est fait sans moi...

Tiens, il se met à l'abri, le cher homme.

— Vous voulez dire que l'université n'est pas intervenue ?

— Non. Mrs Gutierez peut participer à des enquêtes en temps qu'expert et juriste, en dehors de son activité universitaire, et Berkeley lui laisse toute latitude à ce sujet... c'est un contrat que nous avons avec le ministère de la Justice, mais vous êtes au courant ?

— Oui. Ce que je voudrais savoir, c'est d'où venaient ces deux hommes... comprenez, personne ne semble les connaître, et ils disparaissent avec Mrs Gutierez dès leur arrivée ici...

— Effectivement, effectivement... il faudrait se renseigner.

— Vous pourriez le faire de votre côté ?

— C'est-à-dire... je peux essayer. Je vous accorde

que le silence de Mrs Gutierez commence à devenir inquiétant.

C'est le moins qu'on puisse dire.

— Je vous donne un numéro où vous pourrez me joindre, d'accord ?

— D'accord, je prends de quoi noter.

Je lui communique le numéro inscrit sur l'appareil.

— Merci, monsieur, j'apprécie votre aide.

— Je ferai de mon mieux.

— Merci, monsieur, bonsoir.

— Bonsoir, madame.

— Alors ? demande Mafalda.

Je lui raconte.

— Qu'est-ce qui vous gêne, chez ces deux types ?

— On ne sait pas qui ils sont ni d'où ils viennent. Comme ces gens qui assisteraient à un mariage où la mariée pense que ce sont les invités du marié, et réciproquement, et en fin de compte on s'aperçoit que personne ne les connaît.

— Votre amie non plus ?

— Je ne sais pas. C'est vrai qu'elle ne m'en avait pas parlé. Je les ai seulement vus discuter ensemble à l'aéroport... et quand j'y repense...

J'ai une sale impression au creux de l'épigastre. D'où sortent ces types ? Nina ne m'a dit à aucun moment qu'elle serait accompagnée. Moi, j'étais tellement contente qu'elle ne parte pas seule que je n'ai rien demandé. Et tout le monde a eu la même réaction. D'autant qu'ils n'avaient pas l'air de deux psychopathes en goguette.

— Écoutez, Mafalda, rendez-moi service, allez demander à l'hôtel s'ils ont vu les gens qui accompagnaient Mrs Gutierez-Cabrerra.

— J'y vais.

Et elle est déjà dans la rue. Moi, en l'attendant, je sors mes affaires du sac, mais je ne sais pas où les poser et je les remballe. Je n'ose pas visiter le reste de l'appartement : elle ne me l'a pas proposé.

Une demi-heure après, elle revient. Elle a le teint coloré de quelqu'un qui a marché vite.

— Ils sont arrivés ensemble le dimanche et sont ressortis peu après, dit-elle en se débarrassant d'un cabas chargé. On les a encore vus le lundi et le mardi, et le lendemain deux hommes sont passés prendre leurs affaires et régler les notes. Aucun des trois n'a reparu depuis.

— Quoi ! Qu'est-ce que c'est que cette histoire ?

— Ils ont pris les bagages et réglé les trois chambres.

— Quoi ? Quand ? Qui ?

Mafalda a un geste évasif.

— Il n'a pas su exactement me dire. Mardi, peut-être.

— Qui est ce « il » ? Le directeur et le réceptionniste ne m'ont pas du tout dit ça. Mais la chambre de Nina était vide et en attente de clients ; elle n'était plus là depuis le 22.

— Le cuisinier. Un gars à nous. L'hôtel a la réputation d'appartenir à un groupe national pas clair. Quand vous m'avez donné le nom de l'hôtel, j'ai pensé : aïe, aïe, aïe.

— Aïe, aïe, aïe... ? C'est quoi un groupe national pas clair ?

— Des Argentins à l'origine de chaînes d'hôtels et de restaurants dans tous le pays, et qui sont soupçonnés d'entretenir des rapports avec les anciens nazis réfugiés chez nous après la guerre. Plus des gangs colombiens de la drogue qui blanchissent leur argent ici.

— Quoi ?

Je nage en plein délire. Nina a disparu avec deux fantômes, dans un hôtel qui appartient à des mafieux et des nazis. Je crois n'avoir jamais eu au cours de toute ma vie une telle sensation de flottement et de vide. Je ne sais pas où aller. Je ne sais pas où chercher. Mafalda doit le sentir parce qu'elle propose :

— Je vais téléphoner à Carlos. C'est un homme plein de ressources. Ne perdez pas espoir, ma petite. Moi, au bout de vingt ans, je sais qu'un jour je vais retrouver Eve.

Je la regarde. Et bon dieu, que j'ai honte !

22

Nina entendit frapper à la porte et sortit de la salle de bains.
— Oui ?
— Monsieur Völner vous attend en bas.
— Je descends.

Arrivée deux soirs plus tôt, elle a été immédiatement conduite dans une chambre magnifique et raffinée remplie de meubles anciens patinés par le temps. Ses vêtements étaient accrochés dans la penderie, et avant qu'elle ait pu demander quoi que ce soit, ils l'ont laissée seule. Elle a pris un bain, et quelques minutes après être sortie de la baignoire, un homme habillé en maître d'hôtel a frappé et lui a apporté un plateau pour le dîner. Il n'a pas répondu à ses questions et est reparti immédiatement. Elle a voulu ouvrir la porte. Fermée.

Le lendemain matin, le même homme lui a apporté un petit déjeuner somptueux et s'est retiré, toujours muet. Sa porte était déverrouillée. Elle a déjeuné, s'est préparée et est descendue. Le « régisseur » l'a accueillie cordialement près de la piscine.

— Chère madame, vous avez tout ce qu'il faut pour vous changer dans cette cabine.
— Vous croyez que je suis ici pour prendre un bain ? Vous vous foutez de moi ? Où est votre putain de patron ?

Il a semblé surpris du vocabulaire. Jusque-là, Nina lui avait sans doute fait l'effet d'une femme relativement bien élevée.

— Monsieur Völner a dû s'absenter et vous prie de l'excuser. Vous le rencontrerez demain. En attendant, vous êtes son invitée.

— Où sont les hommes qui m'accompagnaient ?

Le « régisseur » a eu l'air embarrassé.

— Ils... sont partis.

— Comment, partis ? Je veux téléphoner chez moi. On doit être mort d'inquiétude.

Il a hoché la tête en signe de dénégation.

— Je n'ai pas d'ordre pour ça.

— Je suis retenue prisonnière, c'est ça ? Vous vous croyez où ?

Le type a écarté les bras dans un geste d'impuissance et a filé.

Tout le reste de l'après-midi, où on l'a soignée comme une VIP, deux types l'ont surveillée de loin. Deux blonds avec des gueules d'empeigne, a-t-elle trouvé.

— Bienvenue, Mrs Gutierez-Cabrerra, je suis très honoré de vous recevoir chez moi.

Le type planté au milieu du salon, habillé d'un blazer bleu et d'un pantalon blanc, ne doit pas, malgré ses efforts, être de la dernière couvée. Entre 75 et 80 ans, jugea Nina, portés avec une raideur qu'il doit prendre pour de la classe. Des lunettes à verres teintés l'empêchèrent de saisir son regard. Un des deux blonds de la veille se tenait dans un coin de la pièce, les mains croisées derrière le dos.

Elle décida de ne pas répondre, tant la rage l'étouffait. Nina se connaît bien. Elle est incapable de composer. Dans l'état où elle se trouve, elle n'a qu'une envie : étrangler cette tête de nœud qui s'amuse avec elle depuis une semaine.

— Je suis désolé de vous avoir mis dans une situation embarrassante. Croyez que si j'avais pu faire autrement...

Quand elle le fixa, il perçut la violence qui l'habitait et, surpris, il se figea. « S'il avance encore d'un pas, décida-t-elle, je lui claque la gueule et advienne que pourra. » Il eut un bon instinct : il ne bougea pas.

— Vous devez vous poser des questions...

Il s'essaya à sourire et sortit un paquet de cigarettes de sa poche. Le « régisseur » arriva avec un briquet. Il aspira une large bouffée.

— Le tabac ne vous gêne pas ? Je comprends votre... désarroi et votre colère, Mrs Gutierez, mais vous vous êtes montrée très imprudente.

— Je veux téléphoner chez moi.

— Chez vous ?

Il pinça les lèvres qu'il avait décolorées. Tout, d'ailleurs, l'était, chez lui.

— Oui, chez moi. J'aime mieux vous dire que ça a dû remuer dans mon pays. À l'heure qu'il est, il doit y avoir du monde qui me recherche. Vous croyez qu'on peut kidnapper comme ça trois personnes chargées de mission par une organisation internationale ? Vous vous prenez pour qui ? (Maintenant qu'elle était lancée, Nina avait du mal à s'arrêter.) On n'est pas en Afrique, où des bandes de crève-la-faim enlèvent des gens pour obtenir une rançon. D'ailleurs, à voir votre baraque, vous n'avez aucun besoin d'argent ! Alors, qu'est-ce que je fais là ? Et je vous ai dit que je veux téléphoner chez moi ! Qu'est-ce que vous voulez à la fin ? Vous êtes le docteur Moreau[1] ou quoi ?

Völner avait fini sa cigarette pendant qu'elle parlait. Il tenait le mégot entre ses doigts : le « régisseur » vint le prendre et le déposer dans un cendrier.

---

1. *L'Île du Dr Moreau*. Un savant réfugié sur une île pratique des expériences sur les humains et sur les animaux.

Entre-temps, Völner avait négligemment secoué la cendre par terre.

— Je comprends votre colère, dit-il avec son sourire horripilant. Je crois que vous n'avez pas bien saisi la situation.

— Vous non plus, cracha Nina.

Il parut désarçonné. Il s'attendait à une femme brisée et il se trouvait confronté à une furie. Il réfléchit, regarda son factotum qui prit un air dégagé. Lui n'était pas surpris de sa réaction. Cette femme est une fille de feu. Une vraie Argentine. Un tempérament. Il se prit à rêver.

— Nous allons donner de vos nouvelles aux vôtres, dit-il. Ça les fera patienter.

— Patienter ? (Nina ricana.) Patienter ? À l'heure qu'il est, la CIA et le FBI doivent être sur les dents ! Tribunal de La Haye ! martela-t-elle, vous savez ce que ça veut dire, crâne d'œuf ? C'est lui qui nous a envoyés ici ! Vous voulez la guerre avec l'Amérique ?

Völner baissa la tête, non par gêne, mais pour dissimuler la balafre de son sourire.

— Vous vous faites beaucoup d'illusions sur le gouvernement des États-Unis, chère madame. La politique de la canonnière, c'est fini. Et puis, vos amis...

— Quels amis ?

— Mais ceux qui vous accompagnaient.

— Ce ne sont pas mes amis, ce sont des assistants.

— Eh bien vos assistants, personne ne va les réclamer.

— Pourquoi ? Que sont-ils devenus ? Je vous préviens que s'il leur est arrivé quelque chose...

— Oui... ? Vous vous plaindrez auprès de la Croix Rouge ?

Le ton de sa voix secoua Nina.

— Où sont-ils ?

— Vous tenez à les voir ?

Il la regarda par-dessus ses lunettes : Nina aperçut deux glaçons à l'iris blanchi par l'âge.

— Oui, bien sûr.

Le factotum eut un geste de protestation vers son patron. Celui-ci releva brusquement la tête vers lui et laissa retomber son bras. Völner se tourna vers le blond.

— Accompagnez-nous. Vous, restez ici, enjoignit-il au factotum. (Il s'adressa à Nina.) Je ne vous ai pas présentés. Maurizio, homme à tout faire. Voleur, menteur et lâche... mais dévoué.

L'homme serra les poings mais ne pipa mot.

— Avec un dingue comme vous, cracha Nina, vous espériez quoi ?

Un silence épais comme la banquise se mit à flotter. Völner regarda Nina, Maurizio Völner, et le blond regarda tout le monde. Völner poussa un profond soupir, comme un homme qui vient de prendre une décision.

— Suivez-moi.

Le blond prit Nina par le bras. Ils traversèrent un salon aussi somptueux que le précédent et occupé par un bar qui n'aurait pas déparé dans un *Hilton*, suivirent un couloir qui n'en finissait pas, aux murs couverts de tapisseries aux couleurs vives, représentant des tranches de vie de la population andine, et arrivèrent enfin dans une immense cour où des hommes s'affairaient bruyamment. Des gauchos à cheval traversaient l'esplanade à toute allure, encourageant leurs montures des éperons et de la voix.

Völner se dirigea vers une maison de style bavarois, avec des balcons en bois ouvragé vert acide et des volets de même couleur percés de cœurs. Nina n'aurait pas été étonnée de voir surgir sur le balcon un Tyrolien poussant la chansonnette. Un homme sortit de la maison et accueillit Völner avec déférence.

— Conduisez-nous en bas, commanda-t-il.

L'homme ouvrit une porte et les précéda dans un escalier de béton qui débouchait sur un sous-sol sans fenêtre. Une ampoule nue brûlait au plafond. Nina s'immobilisa, les yeux exorbités. Au milieu de la pièce, près d'un établi où étaient posés divers outils — un chalumeau, un fer à souder, une perceuse, une massette, des tenailles... —, deux hommes étaient attachés sur des chaises métalliques.

Deux hommes, ou du moins ce qu'il en restait.

— Vous les reconnaissez ? demanda Völner en se tournant vers Nina.

Elle ne répondit pas, parce qu'elle vomissait tout ce qu'elle avait dans l'estomac.

23

Hans avait raccompagné Nina en haut et l'avait installée sur le canapé. Völner l'observa, une cigarette fumant entre deux doigts. Le regard que Nina lui rendit était indéfinissable. Mélange d'horreur et de terreur, de dégoût et de haine. Hans ne fut pas étonné. Lui non plus ne supportait pas la sauvagerie et l'imagination de son employeur. Et il en était de même pour Ulrich.

Ulrich est son amant. Völner les avait trouvés deux ans auparavant, alors qu'ils étaient venus s'amuser au carnaval de Rio. Ils s'étaient déguisés et étaient allés danser et baiser, avec des copains de rencontre, dans une boîte spéciale que les Américains appellent un *back room*. Une pièce où s'entassent dans l'obscurité un tas de garçons qui s'enfilent et se sucent à qui mieux mieux, sans se connaître ni se voir.

Ils avaient été un peu déçus parce qu'il y avait davantage de touristes que de gars du cru, jusqu'à ce qu'arrive Völner, seul, avec son éternelle cigarette aux lèvres et son air méprisant. Ulrich, qui était en train de se faire branler par un Noir assez moche, avait poussé Hans du coude pour le lui indiquer. Le grand vieillard s'était adossé au mur et était resté à regarder, simplement regarder, les types qui s'astiquaient dans tous les coins. Hans avait tout de suite senti que le débris était plein aux as. Ulrich et lui traversaient une mauvaise passe : à vrai dire, ils avaient englouti leurs dernières munitions dans ce voyage, espérant trouver un joint au Brésil. Hans lui avait balancé une œillade et l'autre lui avait répondu d'un signe de tête. Il s'était rapproché et avait pensé que pour son âge, le bonhomme se tenait encore bien. Il l'avait salué en allemand et l'homme lui avait répondu de même.

« Tu es tout seul ? avait-il demandé.

— Non, je suis avec mon ami », avait répondu Hans en désignant Ulrich.

En train de jouir sous la poigne du Black, ce dernier leur avait adressé un petit signe amical.

« Qu'est-ce que vous faites ici ? » avait encore demandé le type sapé comme un milord, ce qui était remarquable dans ce lieu où le cuir et le vinyle dominaient, et où la dernière élégance était de porter des sous-vêtements en chaînes ou en lanières pour mettre en valeur l'appareil génital.

« On est venus danser et s'amuser, avait-il répondu, et peut-être trouver une occupation lucrative. »

Ulrich les avait rejoints et Hans avait fait les présentations. Le vieux n'avait pas répondu, les yeux fixés sur deux gros à la tête rasée dont l'un sodomisait l'autre en émettant des « han » de bûcheron. Partout flottait une odeur de parfum bon marché, de sueur et de foutre. Hans avait lancé un coup d'œil à Ulrich. Le vieux prenait son pied en matant. Ulrich s'était agenouillé devant lui, avait ouvert son pantalon et l'avait pris dans sa bouche. Le vieux s'était laissé faire sans un mot, mais ses mains s'étaient serrées convulsivement sur le pommeau de sa canne en jonc.

C'est comme ça que ça avait commencé. Gardes du corps le jour, acteurs la nuit. Rien qu'acteurs. Völner ne leur avait jamais rien demandé d'autre. C'était son truc, de regarder. Autant les bêtes que les humains. Autant les femmes que les hommes. Regarder et torturer. Depuis deux ans, ils en avaient vu défiler dans la baraque, des caravanes de mecs et de gonzesses. De tous les genres et toutes les couleurs. Et quand c'était la saison du rut, le vieux se faisait conduire dans la pampa pour regarder les chevaux monter les juments et les taureaux enfiler les vaches. Un maniaque un peu détraqué, mais généreux.

Ulrich et lui avaient compris tardivement que les revenus de Völner ne provenaient pas uniquement des saillies de ses champions et de la vente du bétail. Un jour, quelques mois après leur arrivée, Völner leur avait dit qu'il attendait pour le lendemain des Colombiens et qu'il aimerait qu'ils soient là en cas de problèmes, bien qu'il n'y en ait jamais eu jusqu'ici. Mais il leur avait fait remarquer qu'il n'était pas arrivé à son âge sans faire preuve d'une grande prudence. Les deux amis s'en foutaient, ça les amusait plutôt de jouer les terreurs. Ils aimaient bien se battre parce qu'ils étaient costauds et que ça faisait viril. Puis la fois d'après, ç'avait été différent. Ils avaient commencé à avoir les jetons, Ulrich et lui, mais c'était déjà trop tard.

La semaine qui avait précédé le 30 avril de l'année passée, une grande agitation avait régné dans l'hacienda. Völner, omniprésent, aboyait des ordres pour accueillir quarante invités venus de tous les coins d'Europe. Hans et Ulrich donnaient un coup de main sans poser de questions. Ce n'était pas la première fois que Völner recevait du monde. Seulement, quand deux jours avant le 30, des drapeaux et des bannières nazis avaient commencé à recouvrir les murs, et que dans l'immense salon principal un portrait d'Hitler de deux mètres sur deux drapé de noir était apparu, ils s'étaient interrogés. Putain, où étaient-ils tombés ? Pas seulement chez un dingue du cul, mais chez un nazi !

Völner, qui avait un instinct de sorcier, avait compris leur trouble et les avait fait venir dans son bureau. Et là, il les avait informés que chaque année, on commémorait chez lui la mort du Führer. Völner avait servi pendant la guerre sous ses ordres : depuis cinquante ans, il œuvrait, avec ses amis, pour que naisse le IVe Reich. Il ajouta qu'il espérait que, comme pour chacun des habitants du domaine qui lui était proche, il pouvait absolument compter sur la loyauté de ses deux hommes de main.

« Dans le cas contraire, ou si j'apprenais quoi que ce soit, il est bien évident qu'entre la sécurité de notre œuvre et votre vie il n'y aurait pas d'hésitation. »

Et comme pour prouver qu'il ne se vantait pas, quelque temps après, un des collaborateurs de Völner, pris de boisson ou de drogue, qui s'était laissé aller à confier à sa maîtresse une partie des activités occultes de son patron, avait été descendu dans la cave et torturé la porte ouverte, pour que ses cris soient entendus par le plus grand nombre. Le corps en miettes, mais toujours vivant, il avait été traîné et jeté dans l'enclos aux taureaux qui l'avaient piétiné jusqu'à ce que sa dépouille ne se distingue plus de la terre retournée.

Comment le vieux l'avait-il appris ? Hans n'en savait rien. Ceux qui s'étaient chargés de cette besogne étaient deux hommes d'origine croate qui avaient suivi un entraînement dans un camp de la mort installé en Croatie pendant la Seconde Guerre mondiale. Là, avaient été massacrés cinq cent mille Serbes et Juifs, et leur chef coulait des jours paisibles à Bahia Blanca, protégé des demandes d'extradition des Serbes et des Israéliens par le gouvernement argentin.

24

— Vous avez compris, madame ? demanda Völner.

Nina, tétanisée d'horreur, ne répondit pas. Elle ne comprenait rien. Qui était ce monstre ? Un sociopathe ? Non, ces détraqués n'agissaient pas dans ce genre de cadre. Soudain, elle eut un éblouissement à cause du physique, de la personnalité et du nom. Un Allemand. Probablement un ancien nazi. Mais pourquoi elle et ses assistants ? Et pourquoi ce monstre avait-il torturé à mort ces deux malheureux ? Ils venaient faire un rapport sur les enfants volés. Les nazis avaient-ils fait partie des acheteurs ? Et quand bien même ? Non, c'était un fou, un sadique. Un monstre.

Elle n'arrivait pas à penser. Elle était perdue. Elle allait subir le même sort que ses compagnons. La panique la saisit, faisant battre son cœur comme une turbine. Qui pourrait la retrouver ? Même si Sandra courait les hôpitaux et les ministères, qu'« Enfants dans la guerre » déclenchait une recherche, que l'ambassade américaine soit alertée, comment retrouver trois personnes dans cet immense pays ? Non, plus trois. Une.

Ils avaient été enlevés l'après-midi du deuxième jour, lorsqu'ils avaient pris un taxi pour rencontrer Carlos, le père de son amie.

La veille, ils avaient eu un désaccord : les deux

hommes avaient prétendu devoir rendre une visite qu'ils ne pouvaient remettre à plus tard, et elle avait dû rencontrer seule le responsable des personnes disparues au ministère de l'Intérieur. Cette espèce de poussah l'avait presque mise dehors quand il avait compris qu'elle venait pour les enfants des victimes de la junte. L'Argentine, elle s'en apercevait seulement, n'avait pas liquidé son passé.

En y repensant, Stanley et Ruiz semblaient peu intéressés par le sort des disparus. Elle leur avait posé des questions sur la manière dont ils avaient été désignés pour cette mission et ils étaient restés évasifs.

En traversant un quartier qu'elle ne reconnut pas comme menant à leur destination, elle s'était penchée vers le chauffeur pour s'en étonner. Le type, sans se retourner, avait alors appuyé sur deux manettes placées sur son tableau de bord, dressant ainsi instantanément une vitre épaisse entre lui et ses passagers, pendant que claquait la fermeture automatique des portières. Immédiatement, Stanley et Ruiz avaient réagi et sorti chacun une arme devant ses yeux effarés, mais le taxi avait pilé dans un terrain vague et une demi-douzaine d'hommes armés de fusils à pompe et de pistolets-mitrailleurs les avaient entourés, rendant toute résistance inutile.

Ils avaient alors été transférés dans un monospace aux vitres opaques et elle avait été emmenée dans cette pièce affreuse où elle était restée seule, séparée de ses compagnons, un temps qui lui avait paru interminable. Elle comprenait à présent pourquoi.

— Qu'allez-vous faire de moi ? La même chose qu'à ces malheureux ? Vous êtes une pourriture de cinglé !

Elle reprenait du poil de la bête. Quitte à mourir, autant ne pas donner à cette ordure le plaisir de jouir de sa peur. De toute façon, si on lui laissait seulement un peu de temps avant de la torturer de cette manière abominable, elle trouverait bien le moyen de se supprimer.

— Vous êtes courageuse, madame. Rassurez-vous, je ne vous ferai pas subir le même traitement qu'aux deux autres.

— Pourquoi eux ?

— Vous n'avez pas compris ? Ces deux agents du Mossad ont profité de votre mission pour s'introduire en Argentine et tenter de m'enlever pour me faire juger en Israël. Votre association caritative leur fournissait une parfaite couverture. Votre mission était pour eux un Cheval de Troie. Hélas, je ne peux pas vous laisser la vie sauve. Mais nous avons un peu de temps.

25

Carlos et Mafalda. Deux princes, chacun dans son genre. Lui, aristocrate fatigué à la chevelure blanche et aux yeux tristes mais résolus ; elle, comtesse aux pieds nus, à la crinière couleur fer remontée dans un chignon qu'elle porte comme un torero. La même douleur, le même espoir.

— J'ai rencontré plusieurs de mes « folles », dit Mafalda, elles savent qu'un mouvement s'est mis en place dans notre pays. Un *movimiento negro* composé d'anciens militaires et de mercenaires rentrés de Croatie et de Bosnie où ils étaient allés se battre contre la Serbie. De la *mierda* !

— Quel rapport avec la disparition de Nina et de ses assistants ?

Carlos lève les bras dans un geste d'ignorance.

— Je ne vois pas. À moins que les militaires fascistes de notre pays craignent qu'une nouvelle enquête ne déclenche de nouveaux procès.

— Mais enlever trois personnes mandatées par un organisme officiel et une ONG !

— C'est pas ça qui les arrêtera ! crache Mafalda.

Elle, c'est le feu. Lui, c'est la force étale de l'océan. Presque deux vieillards. Voilà mes alliés, et à les en croire j'ai contre moi un ramassis d'assassins alliés à d'anciens nazis et à des trafiquants de drogue.

— Et où les auraient-ils emmenés ? Vous avez une idée ?

— À mon avis, dit Carlos, ils les ont fait sortir de Buenos Aires pour les mettre à l'abri.

— Mais où ?

Nouvelle envolée des bras de Carlos. Merde. Le pays couvre presque quatre millions de kilomètres carrés, où je vais, moi ? Mafalda semble le comprendre.

— Ça sera dur, mais on va s'y mettre.

— Ah, et comment ?

Arrivée à ce point de la discussion, mon impuissance m'accable.

Si je vais voir mon ambassadeur il va en parler, *peut-être*, à un quelconque sous-secrétaire à l'Intérieur qui s'en ouvrira, *pas sûr*, à un chef de la police qui constituera un dossier avec les photos des trois disparus et un avis de recherche. Ils seront distribués dans quelque temps dans les postes de police, où ils seront enfouis sous des tonnes de paperasses, bien plus importantes, concernant des vols, des assassinats, des escroqueries, ou tout bêtement la dix-huitième demande en trois exemplaires pour l'achat d'une nouvelle cafetière et, avec de la chance, mon dossier sera exhumé et lu en l'an 2028. À condition que d'ici là une femme de ménage négligente ne s'en soit pas servie pour nettoyer les carreaux.

Je me lève brusquement du canapé où je m'étais laissée tomber.

— Votre type de l'hôtel, votre homme, je peux lui parler ?

Mafalda hausse les épaules.

— Il sait juste ce qu'il m'a dit.

— OK, je peux lui parler ?

Ils se regardent comme de vieux parents prêts à tout pour faire plaisir à leur *niña*.

— Si vous voulez.

— *Andiamos* !

26

Carlos a une vieille Chevrolet verte à pare-chocs en chrome des années cinquante.

Le type habite dans un quartier ouvrier excentré, et en roulant, Mafalda m'indique de curieuses maisons tout en longueur où s'ordonnent, autour d'un corridor à ciel ouvert, des appartements qui communiquent entre eux.

— Des *caza-chorizo*, dit-elle, des maisons-saucisses. Juan habite dans l'une d'elles.

La Chevrolet s'arrête bientôt dans un grincement de tôles et de freins et on va frapper à une porte qui vient probablement d'être refaite : le contreplaqué qui la recouvre n'est même pas peint. Elle s'ouvre, et un jeune type, noir comme un pruneau et épais comme un crayon, apparaît. Son visage crispé s'éclaire quand il reconnaît Mafalda, qui sans autre façon pénètre à l'intérieur. Nous la suivons. La pièce, très encombrée, ne reçoit le jour que par une fenêtre étroite, ouverte tout en haut d'un mur sur lequel s'écaille une peinture verte fanée. Une femme qui berce un bébé dans ses bras nous regarde sans rien dire et s'assoit sur le bord de la table en repoussant une pile d'assiettes sales.

— Juan, commence Mafalda après avoir salué la jeune femme d'un signe de tête, voilà Sandra, qui cherche ses amis.

Mafalda parle très vite quand elle s'adresse aux

siens, mais j'ai quand même compris. Apparemment, ce n'est pas le cas de Juan qui ne bronche pas et me lance un regard indifférent. Carlos est resté en arrière, les mains à hauteur de la taille, figé comme s'il avait peur de se mouiller au moment de plonger.

C'est vrai que vu le bordel, il vaut mieux faire attention à l'endroit où on pose les pieds. La table sur laquelle s'est assise la femme avec son bébé déborde de vaisselle et de divers fouillis qui vont de la tétine au shampooing pour bébé et au paquet de couches. Contre un des murs, un buffet déglingué disparaît sous des montagnes d'objets divers. Pas un coin vide où poser le regard.

Juan demande si je comprends l'espagnol et Mafalda hoche la tête sans se compromettre, ce qui encourage le gars à dire qu'il ne sait rien de plus et que de toute façon il va pas s'emmerder pour une connasse de Yankee. La réponse ne plaît visiblement pas à Mafalda : elle se met à crier si vite et si fort que du coup je ne comprends plus ce qu'elle dit, même si je le devine.

L'autre répond sur le même ton et pendant quelques minutes, on ne s'entend plus dans la turne. Ça semble habituel ; la femme qui berce ne semble pas étonnée. Elle attrape un bout de chiffon et le glisse entre les lèvres du bébé qui, saisi d'émulation, s'est mis à brailler lui aussi. Ravi de la friandise, il se met à le sucer avec bonheur. À mon avis, cet enfant fait ses dents. Enfin, à bout de souffle, Mafalda et l'autre se taisent, mais c'est pour reprendre une discussion tout aussi véhémente, un ton en dessous. C'est Juan qui cède le premier, pressé par sa femme qui lui crie qu'il fait peur au bébé. Nerveusement, il vire d'une chaise des chiffons qui pourraient être des fringues et s'y laisse choir, la mine renfrognée.

Il considère Mafalda qui le fixe sans aménité, jette

un œil sur Carlos toujours en appui sur la pointe des pieds, et me lance un regard dépourvu de tendresse.

— Qu'est-ce que vous voulez ? aboie-t-il.

— Vous avez dit qu'on était venu chercher les affaires de mes amis, vous savez qui ?

Il ne répond pas tout de suite et hausse les épaules.

— Deux types, lâche-t-il après un coup d'œil vers Mafalda. Des Argentins. Sûrement d'anciens flics.

— Pourquoi anciens ?

Nouveau temps de réflexion.

— Je crois pas qu'ils étaient armés.

— Vous les avez vus ?

Pause.

— Ils ont parlé à mon patron.

— Le directeur de l'hôtel ?

— Ouais.

— Vous avez entendu ce qu'ils ont dit ?

Le type baisse la tête et passe la paume de sa main sur la toile cirée. Mafalda repose ma question. Le type soupire, regarde sa femme puis la toile cirée.

— Vaguement.

— Alors ? demande nerveusement Mafalda.

— J'ai pas tout compris.

À ce moment, Carlos parle dans mon dos. Il s'adresse au type dans un espagnol que je ne comprends pas. Son ton est sec, hautain et coléreux. Juan l'écoute et bat des paupières. Il lui répond dans la même langue.

— Ils ont dit qu'ils allaient les emmener dans la pampa. Ils n'ont pas dit où, traduit Carlos.

Il pose une autre question, à laquelle Juan répond aussitôt.

— Ces types travaillent pour les Allemands, répète Carlos.

Je sursaute.

— Quoi ? Quels Allemands ?

— Des éleveurs, dit Carlos.

— Tu connais leurs noms ? demande Mafalda à Juan.

L'autre a le regard fuyant, une sacrée trouille semble le tarauder.

— Tu sais qui ? répète Mafalda.

— Laissez-nous tranquilles, on ne sait rien !

Nous nous retournons vers la femme au bébé qui a crié.

— Si, vous savez, insiste Carlos.

Il s'est avancé, et les deux mains posées à plat sur la table, fixe Juan.

— Vous savez et vous devez nous le dire !

— Regardez ce qu'ils ont fait ! crie la femme en nous désignant la porte. Ils sont venus et ont cassé la porte ! Après, ils m'ont tiré les cheveux et ont battu Juan.

Aux cris de sa mère, le bébé s'est remis à crier. Je répète :

— Qui a fait ça ?

La femme me fixe sans me voir. Elle aussi est morte de trouille.

— Pas la peine de demander, se résigne Mafalda, c'est leur méthode. Ils t'ont vu les écouter ? demande-t-elle à Juan.

Il roule les yeux, se mord les lèvres, hoche la tête.

— Je sais pas.

— Il ne dira plus rien, dit Carlos en anglais. Mais c'est un début. Partons, pas la peine de leur faire risquer des ennuis.

Mafalda hésite, puis se dirige vers la porte après avoir caressé au passage la tête du bébé qui émerge de ses langes, et qui est le portrait craché de son père.

— *Adios, muchachos*.

Au volant de la Chevrolet, Carlos se tourne vers moi avant de démarrer.

— La pampa, je connais. J'ai des amis sur place. Je vais leur demander de chercher.

— C'est grand ?
— Quoi, la pampa ?

Il ne peut s'empêcher de lancer un coup d'œil amusé à Mafalda.

— Vous savez ce qu'en disait Borgès ? « *J'ai vu de nombreuses brassées de ciel sur un petit arpent de prairie*

J'ai vu le champ où se tient entier Dieu sans avoir à s'incliner

J'ai vu l'unique endroit sur terre

Où Dieu puisse marcher à son aise. »

27

Je me penche avec Mafalda sur une carte du pays et je reste impressionnée par sa taille. Ce n'est pas un pays, c'est un continent, et la pampa en occupe une large part.

— Là, me désigne Mafalda en posant son doigt sur la carte, c'est là que les Allemands se sont principalement installés. Colonia Bismark, Colonia Bremen. Plus au sud, ce sont les colonies italiennes. Castelli, Alberti. Tous riches, surtout les Allemands.

— Ils sont là depuis quand ?

— Les Allemands ? Les premiers sont arrivés au début du siècle, ce sont eux qui ont créé Bismark. En 45, on a eu une seconde vague. Les nazis qui avaient réussi à fuir l'Europe grâce aux réseaux des Jésuites ou à des filières qu'ils avaient eux-mêmes mises en place quand ils ont vu le vent tourner. Ils se sont tenus tranquilles, du moins au grand jour. On sait que Perón les soutenait par intérêt, peut-être aussi par sympathie. Mais quand on a eu le régime des généraux, ils ont été moins discrets. Vous savez que sur la trentaine de milliers de disparus, il y avait plus de douze pour cent de Juifs ? Beaucoup, non, si on tient compte de leur nombre ici.

— Douze pour cent ?

Le chiffre me fait tiquer. Parfois je me demande s'il y a un seul pays où je n'entendrai pas une précision de ce genre. Mes coreligionnaires sont-ils toujours les premiers à se fourrer là où on risque de prendre un maximum de coups, ou n'ont-ils jamais réussi à se débarrasser de leur défroque de bouc émissaire ?

— Pourquoi autant ?

— Beaucoup d'intellectuels se sont engagés dans la lutte contre Videla et ses complices, et lorsqu'ils étaient juifs on ne leur faisait pas de cadeaux. À l'École Mécanique de la Marine, les tortionnaires étaient entraînés par d'anciens nazis. Les Juifs avaient droit à un traitement spécial et on se débarrassait des corps en les jetant dans la mer du haut d'hélicoptères.

Parfois, j'en ai vraiment marre de faire partie d'un peuple dont chaque chapitre de l'histoire renferme tant d'épisodes atroces. Je rêve d'être née dans un trou du Minnesota, d'une famille installée là en même temps que ce petit futé de Stuyvesant qui créa New York au XVIIe siècle et qui a maintenant des cigarettes à son nom, et dont l'unique souci est de savoir si la récolte de blé de l'année battra le record à l'hectare de l'année précédente, ou si les Diables de Denver gagneront la Bowl Cup contre les Yankees.

— Bon, dis-je, d'après Carlos, les types qui les ont enlevés, car maintenant je crois que l'on peut en être sûrs, travailleraient pour des patrons allemands et les auraient emmenés dans leur tanière ? Mais ça ne tient pas debout ! dis-je en assenant un coup de poing sur la table.

— C'est ce que prétend Juan, soupire Mafalda.

— Est-ce que ces fumiers de nazis auraient bénéficié plus que les autres des ventes d'enfants ? Est-ce que ces tordus seraient davantage en mal de paternité ?

Mafalda se contente de hausser les épaules. J'entame une déambulation entre le canapé et le bureau. Et d'abord, l'organisme « Enfants dans la guerre » qui a missionné Nina ne connaît pas les deux types qui... Je m'arrête net. Il y a quelque chose qui cloche. Si les deux pingouins à l'aéroport n'étaient pas envoyés par « Enfants dans la guerre », d'où venaient-ils et pourquoi étaient-ils avec elle ? Faisaient-ils partie d'un autre organisme ? Il faudrait vraiment que tous se soient donné le mot pour enquêter en même temps sur un sujet vieux de plus de vingt ans.

Nina, c'est différent. Elle est juriste et rattachée à la Cour internationale de La Haye qui a besoin pour ses archives de renseignements précis. Mais eux, d'où sortaient-ils ? Son *chairman* l'ignore. Mais ça, ça ne veut rien dire. À le voir et à l'entendre, je ne suis pas sûre qu'il connaisse sa pointure. C'est bobonne qui doit s'en occuper.

Je regarde pensivement Mafalda qui me retourne un regard perplexe puis je pointe l'index dans sa direction.

— Qu'est-ce qu'on sait des types qui étaient avec elle ?

— Ses collaborateurs ?

— C'est ce qu'on a cru. À l'ambassade, quand l'ectoplasme qui m'a reçue a téléphoné à l'organisme de tutelle de Nina, l'employée a répondu qu'elle n'était pas au courant pour eux. Qu'elle n'avait pas d'ordre de mission.

— Et alors ? demande Mafalda qui, visiblement, commence à être larguée.

— Et si ces deux types s'étaient servis, je ne sais comment, de la couverture de Nina pour s'introduire ici sans se faire repérer ? Des trafiquants, des voyous, des tueurs, des terroristes, que sais-je ? Des pas clairs en tout cas, si j'ai raison.

— Et alors ? remet Mafalda.

— Et alors, ils se font repérer, et Nina profite malgré elle de l'invitation.

Mafalda grimace d'une manière dubitative.

— Des trafiquants ? Oui, pourquoi pas ? on n'en manque pas ici. Ça arrive de Colombie comme des sauterelles et quand ça repart, tout est nettoyé. On a un sacré problème de drogue chez nous. Dans ce cas, la police les aurait pincés ?

— Ou d'autres trafiquants, dis-je, et ça c'est moins drôle.

— Pourquoi auraient-ils pris votre amie ?

— Parce qu'elle était là et pour ne pas laisser derrière eux... (Je m'arrête, la gorge bloquée. Mafalda, qui a compris, a retenu son souffle. J'achève :)... de témoin.

Je me laisse tomber sur le canapé, les jambes coupées. Jusqu'à cet instant précis, je m'accrochais envers et contre tout à l'idée que Nina payait peut-être avec retard les intérêts de son action politique passée, mais qu'avec l'aide de l'ambassade, je la tirerais de ce mauvais pas.

Mon rapt par le Colonel m'avait rassurée. Aussi abrutis soient-ils, les militaires rescapés du régime de Videla n'allaient pas risquer un incident diplomatique avec les États-Unis, bailleurs de fonds et partenaire commercial privilégié avec leur Mercosur[1] pour une histoire vieille de deux décennies. C'était un simple avertissement à ne pas remettre les pieds ici, pas plus. Le gouvernement de Carlos Menem était pragmatique, pas idéologique, et les anciens de la junte avaient tout intérêt à se faire oublier.

Enfin, c'est ce que j'avais pensé. Et à présent, je ne comprenais pas ma réaction. Pourquoi moi, dont le credo est : « le pire est toujours sûr », me suis-je laissée aller à un tel optimisme ? Parce qu'il n'y avait pas de raison de s'inquiéter. Sauf si les deux connards qui l'accompagnaient avaient des comptes à rendre à d'autres connards.

---

1. Sorte de Marché commun entre les États-Unis et l'Amérique latine.

— Vous êtes certaine qu'ils ne faisaient pas partie de la même mission que votre amie ? demande Mafalda.

— Comment en être sûre ? Si vous aviez vu et entendu le demeuré qui a téléphoné de l'ambassade à « Enfants dans la guerre » ! Je peux appeler ?

— Je vous en prie.

Je ne fais plus de ronds de jambe. J'attrape le téléphone et compose le numéro de l'organisme que je pêche dans mon carnet. Ça décroche au bout de trois sonneries et une voix sucrée me met en attente. Je bous. Enfin, quelqu'un me répond.

— Allô, « Enfants dans la guerre » ? Je voudrais que vous me mettiez en communication avec un responsable. J'appelle de Buenos Aires.

— À quel sujet ? demande la voix masculine.

— Mon amie, Nina, enfin, Maria-Ana Guttierez-Cabrerra, missionnée par vous pour enquêter en Argentine sur les enfants volés par la junte. Elle a disparu, à peine arrivée, en compagnie de deux assistants. Ce que je voudrais savoir, c'est si ces deux hommes, Stanley Warner et Ruiz Estrella, font partie de votre organisation, et si, par hasard, vous auriez eu des nouvelles...

— La personne qui s'occupe des ordres de mission est absente, qui êtes-vous, madame ?

— L'amie de Mrs Gutierez-Cabrerra. Je suis Américaine et je vis à San Francisco avec Mrs Gutierez. Je suis venue à Buenos Aires parce que ni elle ni ses amis ne donnent plus signe de vie depuis plus d'une semaine.

On réfléchit à l'autre bout. Je suis certaine que mon interlocuteur n'est ni appariteur, ni homme de ménage.

— Je regrette, mais nous n'avons pas le droit de fournir ce genre de renseignements.

— Ce n'est pas confidentiel ! Mrs Gutierez a été

envoyée en Argentine pour retrouver la trace des enfants kidnappés par le régime des généraux en 78. Il n'y a rien de clandestin là-dedans !

— Je regrette, madame.
— Qui êtes-vous, monsieur ?

Je suis au bord de l'explosion. Je ne sais pas si vous avez déjà été pris d'une véritable panique concernant la vie d'un être cher. Mais avoir comme interlocuteur un bout de viande avec deux yeux qui se fout complètement de ce que vous lui racontez et pense déjà à son prochain parcours de golf ou à une connerie du même genre...

— Je suis le secrétaire général d'« Enfants dans la guerre » et le responsable des ordres de mission est absent. Mais s'il était là, ça ne changerait rien. Elle a ordre de ne pas donner de renseignements à des inconnus, surtout par téléphone.

— Monsieur (Je la joue toute douce.), il en va peut-être de la vie de mon amie... je dois savoir si les deux hommes qui l'accompagnaient étaient également chargés de mission. Ils ont disparu tous les trois ! Vous comprenez ?

— Ils n'ont pas disparu, madame, ils travaillent, et votre collègue ou voisine n'aura pas pensé à vous envoyer une carte ou à vous passer un coup de fil parce qu'elle est trop occupée.

— Ce n'est ni ma voisine, ni ma cousine, ni ma co-locataire, c'est ma compagne. Et croyez-moi, elle n'aurait pas oublié de me téléphoner, pas plus que vous n'auriez oublié de téléphoner à votre femme si vous étiez parti pour une mission délicate et que vous lui ayez promis de lui donner des nouvelles le plus souvent possible. Mais à vous entendre, je veux bien croire qu'aucune femme n'occupe votre vie et dans le cas contraire, elle ne pourrait pas s'inquiéter pour vous, car il ne semble pas qu'écraser ses fesses dans un fauteuil soit particulièrement dangereux, excepté pour les hémorroïdes !

Je raccroche si brutalement que je me fais mal à la main. Mafalda, qui a suivi la conversation, prend un air dégagé.

— Il faut le comprendre, dit-elle seulement.
— Le comprendre ?

Mes yeux lancent des éclairs mais il en faut davantage pour l'impressionner.

— Il ignore qui vous êtes.
— OK. Mais ce n'est pas une mission classée secret défense, leur truc. Il pouvait juste me dire...

Je préfère me taire. Tout à coup, j'en ai plus qu'assez de passer ma vie à me faire du mouron. Quand c'est pas moi qui me mets dans des histoires impossibles, c'est Nina. Et ce qui me fait encore plus braire, pour rester polie, c'est que les gens qui m'entourent semblent prendre mon inquiétude par-dessus la jambe : il me faut sans cesse me justifier. Ah, si c'était mon mari qui ait disparu, ou même mon amant, alors là, on compatirait. Mais dans notre cas, je n'ai même pas droit à ça.

C'est le moment que choisit Mafalda pour intervenir :

— Je suis réellement désolée pour vous et votre amie, et je comprends vos appréhensions, croyez-moi. Ne pas savoir ce qui s'est passé est épouvantable. Mon mari a disparu alors qu'il faisait des relevés géologiques au Brésil, sur les rives du Rio Iguaçu, près des chutes. Je ne voulais pas le croire, parce que ça me semblait invraisemblable. Ces chutes sont parmi les plus grandes du monde par leur débit et personne ne s'en approche assez près pour tomber. On m'a ramené son corps un mois après. Vous me croirez, si je vous dis qu'alors que j'avais espéré contre toute raison qu'il était toujours vivant, j'ai été soulagée de voir son cadavre. Je n'avais plus à espérer. Alors je comprends ce que vous vivez, Sandra. Mon mari aussi était tout pour moi. Comme Nina l'est pour vous.

28

Appuyée à la rambarde de la terrasse qui surplombe le tarmac, je regarde débarquer les passagers en provenance de Boston.

Tous marquent le pas au moment de quitter la bienheureuse fraîcheur de la cabine : depuis deux jours, une chaleur hors saison s'est abattue sur Buenos Aires. Paraît que c'est El Niño. « Je ne sais pas qui c'est, mais c'est pas normal », m'a dit Mafalda, qui comme beaucoup de ses compatriotes, et bien que très réaliste, est superstitieuse.

Le flot des voyageurs qui dégringole les marches est aimablement salué par le chef de cabine et une hôtesse postés au bas de l'escalier métallique. Mais pas de Sam. Ce n'est pas pour m'étonner. Avez-vous remarqué que lorsque vous attendez quelqu'un, que ce soit à la gare ou à l'aéroport, il arrive toujours dans les derniers ? À croire que les cinquante premiers qui se sont précipités étaient certains de ne faire poireauter personne.

Enfin, j'aperçois sa silhouette. Même s'il n'est pas d'une taille à décrocher les paniers de basket — il doit faire dans les 1,78 ou 1,80 mètre, rien de gigantesque —, je l'identifie parfaitement à cause de sa façon de marcher. Souple, fluide, comme un danseur ou même certains gays, lui qui est si hétéro. Où a-t-il été chercher cette légèreté, cette manière de se mouvoir avec grâce ? Les hommes se déplacent le plus souvent comme des carrés, ou pour les gros comme des boules de bowling. Peu d'entre eux ont une jolie démarche.

Je plisse les yeux parce que je le vois parler à une femme qui trottine près de lui. Il aura sans doute fait sa connaissance durant le voyage. Sam est le type d'homme à attirer les femmes comme le miel les abeilles. Pourtant, sa vie sentimentale — pour ce que j'en sais — n'est pas exempte de problèmes. Parce qu'il est lui-même un problème ambulant. Côté angoisse, il arrive parfois à me battre au poteau. Ce qui en dit long sur sa condition de champion. Chaque pensée qui se presse dans son cerveau est soumise à un examen approfondi et relâchée sous contrôle judiciaire.

Il ne possède pas la beauté de Tom Cruise — tout en symétrie, mâchoire carrée et prunelles bleues —, mais celle tourmentée — et séduisante — de l'intello juif brooklynien qui passe sa vie à se demander pourquoi il continue de nager dans cette mer des Sargasses qu'est notre monde, au lieu d'essayer de la vider avec une petite cuillère.

J'agite le bras en criant son nom à son approche. Dès qu'il m'entend, il relève la tête en même temps que la femme qui l'accompagne, et répond à mon salut. Elle semble plus âgée que lui. Ça tient à sa démarche raide. À moins qu'elle souffre d'un lumbago. Ce serait bien de Sam de jouer les infirmiers avec une inconnue. Je lui fais signe que je l'attends à la sortie et vais me poster en potiche dans le hall d'arrivée.

J'ai pris la décision d'appeler Sam à l'aide, la veille, quand m'est apparue la démesure de la tâche de retrouver seule Nina dans un pareil pays. Je ne veux pas entraîner Mafalda ni Carlos dans cette aventure. Ils ont assez de problèmes comme ça. Ils formeront la base logistique et ce sera déjà très bien. Mais pour me déplacer, j'ai besoin de quelqu'un de hardi et libre de ses mouvements. Je n'ai pas de plan, mais j'ai constaté que bien souvent les choses se mettaient en place d'elles-mêmes, à condition de les bousculer un peu.

Quand je lui ai téléphoné, il m'a laissée raconter mon histoire sans m'interrompre une seule fois, bien que je n'aie même pas pris la précaution de vérifier les fuseaux horaires avec la côte Est des États-Unis. Il aime beaucoup Nina.

— Qu'est-ce que je peux faire, Sandra ?
— Venir m'aider à la retrouver.
— Et vous, où vous retrouverai-je ?
— Je viendrai vous chercher à l'aéroport. Je téléphonerai avant pour savoir si vous êtes dans l'avion.
— Je prendrai celui qui part ce matin.
— Heu... il est quelle heure chez vous ?
— Une heure et demie. C'est la nuit.

Voilà. Ça n'avait pas été plus difficile. C'est comme ça entre Sam et moi depuis qu'il a failli m'arrêter pour meurtre et qu'il s'est dégonflé[1]. Et je ferais la même chose pour lui.

Je le vois émerger de la foule, chargé de bagages. Une autre particularité de Sam : il est très élégant. Mais là, vu le nombre de valises empilées sur le chariot, je trouve qu'il a fait fort. On ne part pas en croisière avec le roi des Belges. La femme aperçue à ses côtés y est toujours, et il semble en prendre soin puisqu'elle ne porte que son sac à main et que Sam pousse le chariot. Je commence à comprendre le nombre de valises. Toujours courtois, Sam lui aura proposé son caddie. Ils s'arrêtent devant moi avec un grand sourire. Enfin, Sam... car la femme qui doit bien avoir vingt ans de plus que lui, blonde, élégante, légèrement distante, arbore un air quelque peu pincé.

---

1. Voir *Un été pourri*, du même auteur, Éditions Viviane Hamy.

— Bonjour ! s'exclame Sam de sa voix chaude en me prenant contre lui. Malgré votre fatigue et votre inquiétude, vous êtes resplendissante ! (Il se tourne vers la femme demeurée raide près de lui.) Maman, je te présente mon amie Sandra.

29

Völner, assis jambes écartées dans le canapé, regarda sa prisonnière debout devant lui. Elle était habillée d'un pantalon noir serré qui mettait en valeur ses hanches pleines, et d'un chemisier orange d'où se dégageait un cou mince et flexible. Il la trouva très belle. Völner est un jouisseur et un dépravé. En être conscient ne le gêne pas, au contraire. Ce sont ces qualités qui lui ont permis, lui, simple commandant SS, d'approcher le Führer.

— Vous êtes nazi, n'est-ce pas ?

Avec ces simples mots, sa prisonnière a exprimé tout son dégoût. De ça aussi, il se moque. Il n'a jamais eu besoin de l'approbation des autres. Seule celle des « siens » comptait. Il sait bien par exemple que nombre de ses employés sont choqués par sa façon de... punir ceux qui ont mal agi. Mais tous obéissent. Il les paye bien.

— Effectivement, si on entend par là que j'aime ma patrie, l'Allemagne, par-dessus tout, et que j'espère pour elle un autre avenir que celui que lui promettent ces pantins rouges qui ont pris le pouvoir chez moi. Mon peuple mérite autre chose.

— Hitler, par exemple ?

— Un autre Hitler. Il y a toujours de nouveaux Hitler.

— Vous êtes une sale ordure d'assassin ! cracha Nina.

Il eut un geste négligent de la main. La partie avec elle se révélerait passionnante.

À 78 ans, Völner a depuis longtemps renoncé aux séances d'amour classique. D'ailleurs, il n'a jamais aimé ça. Ce qu'il aime, c'est regarder. Il organise à cet effet des séances de copulation collectives qu'il observe à l'abri du miroir sans tain qui occupe tout un mur de sa chambre. Pour ce faire, il fait venir de riches amateurs et des prostitués des trois sexes de la capitale ou des pays voisins. À cet égard, le Brésil est une mine d'or. Avec Nina, ce sera différent. Elle lui plaît. Oh, pas pour la baiser, non, ça il en serait bien incapable, mais pour la voir, comme on contemple un bel objet. D'ailleurs, femmes et hommes sont pour lui des objets, pas même des sujets.

L'un des films qu'il a le plus appréciés était celui de Pasolini, *Saló ou les cent vingt jours de Sodome*. Pasolini était une pourriture de pédé dégénéré mais un grand artiste. Son film lui a fourni un tas d'idées. Dire qu'il se trouvait en Italie au moment de la république de Saló et qu'il n'a jamais rien su de ce qui s'y passait. Ou alors il ne s'y passait rien, et ce salopard de Pasolini a tout inventé.

— La vie a de curieux détours, commença Völner, vous n'auriez pas accompagné ces deux hommes, je ne vous aurais jamais trouvée...

— Ces deux hommes que vous avez martyrisés comme un sadique que vous êtes, vous imaginez que les services secrets israéliens — à supposer qu'ils en faisaient partie — ne vont pas les rechercher ? C'est curieux : les cinglés dans votre genre se croient toujours plus malins que les autres.

Völner se redressa avec raideur. Ce qui le navrait le plus, c'est que son corps ne soit pas aussi jeune que son cerveau. Un jour ou l'autre, il devrait se trouver un dauphin pour continuer son œuvre. Ce n'était pas pour tout de suite, dieu merci, il avait encore de beaux jours devant lui.

— Vous savez, je vous garderais bien ici avec moi, si vous vouliez, commença-t-il avec un aimable sourire. Vous seriez très bien traitée. Vous pourriez faire l'amour avec les plus beaux hommes d'Argentine... Je vous achèterais de belles toilettes, vous n'auriez rien d'autre à faire que d'être belle... et disponible.

Il pencha la tête, comme on le fait quand on veut convaincre gentiment quelqu'un d'accepter. Il pensa que cette femme y aurait tout intérêt. Sinon il la tuerait, et ça, ce serait dommage, parce qu'avec son caractère, il pressentait de grands moments récréatifs. Même Hans, habituellement pédé comme un phoque, la regardait avec convoitise.

— Allez vous faire foutre !

Elle n'a même pas élevé le ton. Elle a craché. Völner ne peut s'empêcher de rire. Il la trouve irrésistible.

— Comment vous convaincre ? Ne croyez-vous pas qu'il vaut mieux vivre avec quelques... désagréments qui d'ailleurs peuvent s'avérer agréables, que de mourir ?

— Vivre ici ? (Elle éclata d'un rire grinçant.) Avec une momie puante dans ton genre ? Je préfère mille fois crever ! Qu'est-ce que tu crois, pauvre cinglé, que je ferai tes quatre volontés ? Mais t'en fais pas, espèce de pourriture, on va pas te laisser respirer très longtemps !

C'est rare qu'on lui parle comme ça. Pas rare : ça n'arrive jamais. Avec stupeur, il sentit se réveiller en lui une jeunesse qui ne s'était pas manifestée depuis longtemps. Les insultes de cette femme fouaillaient son désir éteint. C'était pareil dans le temps. Il avait beaucoup fréquenté certains salons où sa jouissance naissait dans les cercles de la souffrance.

Nazi ? L'a-t-il seulement été ? Il s'est toujours plus ou moins moqué de la politique. Ce qui l'a intéressé à l'époque c'est ce que permettait le national-socialisme, pas ce qu'il promettait.

— Je ne vais pas vous tuer tout de suite, dit-il, toujours souriant.

— Prenez votre temps, cracha Nina.

— Vous n'avez pas peur de mourir ?

— Moins que toi, espèce de raclure !

Sur la peau de Markus Völner passent des frissons. Il lui faut cette femme, mais comment la convaincre sans la briser ? Surtout pas la briser.

— Vous aimeriez me faire du mal, n'est-ce pas ? et pourquoi pas ?

Tout à coup, Nina comprend. Ce monstre est masochiste ! ce dégénéré, cet épouvantable assassin qui se repaît de la souffrance qu'il inflige, a besoin lui aussi de cette souffrance.

Un abîme s'ouvre devant elle. Elle peut se perdre dans cet enfer qu'il lui propose. La vie vaut-elle pour la conserver qu'on y perde son âme ?

— Je voudrais pouvoir te faire subir en une fois les souffrances que tu as infligées aux autres ta vie durant ! crache-t-elle.

30

— Mais enfin, Sam, pourquoi être venu avec votre mère ?

Il a une grimace contrite.

— Ça s'est fait d'une drôle de façon.

Je suis avec lui au bar de l'hôtel *Park Hyatt* où ils sont descendus. Le palace le moins discret de la ville. La mère de Sam est montée se refaire une santé dans sa chambre.

— Je pige pas.

Il soupire et regarde dans le vague.

— Quand vous m'avez appelé, la veille au soir je lui avais promis de l'accompagner en Argentine.

— Quoi, pour quelle raison ?

Il hausse les épaules et trempe ses lèvres dans un whisky sur glace.

— Une de ses cousines vit ici. Sa fille a été tuée dans l'attentat contre le Centre communautaire juif, vous vous souvenez ? Presque deux cents morts, des centaines de blessés, revendiqué par le Hamas, je crois. Il y a de ça... quatre, cinq ans. Sa cousine a presque perdu la raison et ma mère lui a promis de venir lui rendre visite. Ça ne s'est jamais fait. Le mois dernier, elles se sont téléphoné et ma mère a décidé de faire le voyage. Et moi, comme une pomme, je lui ai promis de l'accompagner. Alors quand je lui ai dit que je venais...

— Sam, Sam, ce que je vous demande, c'est pas de m'aider dans la pêche au gros ! Les poissons qu'on va trouver ressemblent davantage à des piranhas qu'à des thons.

— Elle sait que je viens pour le travail et elle ne me gênera pas. Elle restera ici.

— Vous connaissez votre mère ? Ça m'étonnerait qu'elle vous lâche la... (Je m'arrête net.) Excusez-moi, mais je suis si inquiète que je n'avais vraiment pas besoin... Oh, Sam, je suis d'une maladresse ! Au lieu de vous remercier...

Il lève la main.

— Je sais très bien ce que vous pensez, mais croyez-moi, je suis venu pour vous aider à retrouver Nina. Ma mère le sait, je le lui ai dit.

Il finit son verre d'un trait. Pas son genre : il est nerveux.

— Bon, où en est-on ?

Je lui raconte tout ce que je sais. C'est pas lourd.

— Ce que je ne comprends pas, c'est l'histoire des Allemands, dit-il quand j'ai fini. Qu'est-ce qu'ils viennent faire là-dedans ? D'après ce que vous me dites, les types de l'hôtel sont peut-être des hommes de main qui travaillent au plus offrant. Mais pourquoi s'en prendre à elle ?

Je lui soumets alors mon hypothèse : ce n'était pas Nina qui était visée mais les types qui l'accompagnaient. Il grimace. L'idée ne lui plaît pas plus qu'à moi.

— Première étape : aller rendre visite à votre Colonel. Il faut s'assurer que ce ne sont pas eux qui l'ont retirée de la circulation parce que son enquête les gênait. Les deux autres font peut-être partie d'un organisme différent. Vous savez comment sont ces associations humanitaires, elles se tirent dans les pattes autant qu'elles le peuvent. Leur existence dépend de l'argent qu'elles obtiennent des instances internationales. Leur grand souci, c'est de passer au journal télévisé.

J'accepte mollement.

— On peut commencer par là...

L'espoir que j'avais mis dans la venue de Sam s'est évanoui. Le voir débarquer avec sa mère m'a mise sur le flanc.

— Et... votre mère, qu'est-ce que vous allez en faire ?

Il n'a pas le temps de me répondre parce qu'elle vient d'apparaître dans le salon et qu'elle nous a repérés. Elle vient vers nous, droite comme un I.

— Je te cherchais, je te croyais dans ta chambre, dit-elle à son fils en s'asseyant. (Elle se tourne vers moi avec un sourire.) Mon fils m'a beaucoup parlé de vous, mademoiselle...

Aïe, mademoiselle, ça ne préjuge rien de bon. Que lui a raconté Sam à mon sujet ?

— En bien, j'espère.

— Oh, mon fils ne dit jamais de mal de ses amis. Je sais que vous êtes une grande journaliste et que vous avez travaillé ensemble. Vous n'êtes pas mariée non plus, je crois...

Je fixe Sam qui pique le nez dans son verre. Je me lève.

— Vous allez devoir m'excuser mais j'ai beaucoup de choses à faire. Sam, vous restez avec votre mère ?

— Non, je vous accompagne. Maman, installe-toi, je te rejoindrai plus tard.

— Mais où vas-tu ? J'ai téléphoné à Maria, elle nous attend.

— Vas-y toute seule. Je suis venu pour aider Sandra.

Elle s'adresse à moi.

— Une de vos amies a des problèmes, je crois ? C'est bien que Sam soit là, il va sûrement pouvoir démêler cette affaire. Avez-vous contacté notre ambassade ? À l'étranger c'est ce qu'il y a de mieux à faire quand on a un ennui.

Je regarde autour de moi en me mordant les lèvres et grince :

— Je n'y avais pas pensé, merci pour l'idée.

Sam me prend par le bras.

— Allons-y.

Il plante là sa mère et on sort.

31

Il hèle un taxi. Il ne m'a toujours pas lâché le bras. Je donne au chauffeur le nom de la rue et il démarre. Je me tourne vers Sam.

— Qu'est-ce que vous lui avez raconté ?
— Qu'une de nos amies avait disparu en mission ici, et que vous la recherchiez.
— Une de NOS amies ?

Il lève les yeux au ciel en soupirant.

— Écoutez, ma mère est une bourgeoise qui vote républicain parce qu'elle trouve que notre pays part à la dérive. Trop de crimes, trop de drogue, trop d'insécurité. Sa vie se passe entre son club de bridge où elle rencontre des amies comme elle, riches veuves ou tellement protégées par leurs maris qu'elles ne voient pas ce qui se passe dehors, et ses coups de téléphone quotidiens pour savoir si je me suis bien nourri, si je ne me suis pas mis dans une situation dangereuse, ou si j'ai enfin trouvé une jolie petite femme qui me donnera de beaux enfants. Vous voulez que je lui raconte quoi ? Elle pense même, à mon avis, que nous avons, ou avons eu, une liaison, et elle était impatiente de vous connaître. Voilà ma mère.

Je ne réponds rien. Je me suis rarement sentie aussi seule. Le taxi entre dans la rue où j'ai été interrogée.

— Arrêtez-vous là, dis-je, reconnaissant l'immeuble.

On paye et on descend. Derrière la grille, un

homme avec des épaules de déménageur nous regarde arriver.

— Je voudrais voir le Colonel, dis-je.

— Quel Colonel ? demande-t-il avec une grimace.

— Celui qui habite là.

Il réfléchit, hèle un autre garde qui se tient derrière et lui explique ma requête. Le type hoche la tête, sort un téléphone, compose et parle. Il lui fait signe.

— Entrez, dit-il en ouvrant la grille à l'aide d'une télécommande.

On entre et quand il se retourne, je vois un énorme revolver accroché dans son dos.

— Allez-y.

Celui au téléphone nous ouvre la porte et nous prie de le suivre. Étonnée de la facilité avec laquelle on nous reçoit, je regarde Sam, les mains moites d'anxiété et le cœur qui cogne. Je crains la mauvaise nouvelle.

On nous fait entrer dans la pièce que je connais et dans laquelle le candidat au cancer du poumon est assis. Il écrase sa cigarette et vient vers nous.

— Je ne pensais pas vous revoir si vite, chère madame, dit-il en me tendant la main. (Il se tourne vers Sam.) À qui ai-je l'honneur ?

— Lieutenant Sam Goodman, de la police criminelle de Boston. Je suis là à titre privé en tant qu'ami de Mrs Khan. Je suis également l'ami de Mrs Gutierez-Cabrerra.

— Ah, oui ? Cette jeune femme doit être particulièrement agréable pour posséder autant d'amis qui s'inquiètent pour elle. Je vous en prie, asseyez-vous.

— Avez-vous des nouvelles ? dis-je, sans m'asseoir.

Il me regarde un petit moment, sourit, enfile une cigarette dans sa saloperie d'étui, l'allume, souffle la fumée.

— Pas directement.

— Qu'est-ce que vous voulez dire ? coupe Sam.

L'autre le regarde et secoue la tête.

— Je ne sais pas ce qui se passe dans mon pays en ce moment, commence-t-il... mais nos services spéciaux ont relevé l'arrivée chez nous de deux hommes qui n'étaient pas ce qu'ils disaient être...

— Les types qui l'accompagnaient ?

— Exactement.

Il a encore son foutu sourire et je me retiens de le lui effacer. Exactement.

— Alors quoi ?

— Eux aussi ont disparu.

— Ça on sait. Ce que je voudrais savoir, c'est si ça a un rapport avec la disparition de mon amie.

Il hausse les épaules.

— Oui, dans la mesure où Mrs Gutierez-Cabrerra aurait pris du service au Mossad.

— Quoi !

Je m'assois, complètement éberluée. Sam me regarde avec le même effarement. Je me penche vers lui en martelant :

— Qu'est-ce que vous racontez ? Qu'est-ce que c'est que cette connerie ? Maria-Ana n'est même pas juive, vous déblokez ou quoi ?

Il se recule un peu, visiblement surpris de ma réaction.

— C'était une hypothèse.

— Qu'est-ce que le Mossad a à voir là-dedans ? demande Sam d'une voix pressante. Mrs Gutierez a été envoyée ici pour enquêter sur les enfants disparus du temps de vos généraux, et de ça le Mossad s'en fout bien !

— Exact. Aussi les deux hommes qui sont arrivés ne venaient pas pour ça.

— Pour quoi alors ?

J'ai crié sans même m'en rendre compte. Pour la

première fois depuis que je cherche Nina, j'ai la sensation que je ne vais pas la retrouver vivante.

— Stanley Warner et Ruiz Estrella, commence le Colonel, s'appelaient en réalité Amos Bernstein et Ari Liouba. Des Israéliens qui faisaient partie du Mossad.

— Faisaient ? dit Sam.

— Faisaient. Mes... services ont reçu hier des photos ne laissant aucun doute sur leur mort... qui a dû être très douloureuse... accompagnées de fiches très précises sur leur véritable identité. L'ambassadeur d'Israël sort d'ici et a déclaré évidemment ne pas les connaître ; il a demandé à être immédiatement reçu par notre ministre de l'Intérieur pour obtenir des explications. Ça, c'est la diplomatie. À mon avis, il était au courant.

— Qui a envoyé les photos ? demande Sam.

— Nous l'ignorons. Envoi anonyme.

— Et pour... Mrs Gutierez ?

— Nous n'avons rien.

Sam s'assoit à son tour. Il n'ose pas me regarder et moi j'ai l'impression de vivre un cauchemar. Si ces hommes ont été torturés à mort et que Nina se trouvait avec eux, leurs bourreaux ont dû penser qu'elle aussi était une espionne.

— Vous savez pourquoi ces hommes étaient là ? demande Sam au bout d'un moment.

Le Colonel écrase sa cigarette avec soin.

— Nous avons ici des hommes que les Israéliens recherchent depuis la fin de la guerre. Ils adoreraient refaire le coup d'Eichmann.

— Parce que vous savez que d'anciens nazis vivent ici et vous ne faites rien ? grince Sam.

Le Colonel se rejette en arrière dans son fauteuil et croise les doigts.

— Parce qu'aux États-Unis, vous n'avez rien à vous reprocher à ce sujet ? relève-t-il. Von Braun et les autres, tous ceux que vos troupes ont ramenés à la fin de la guerre, c'étaient pas des nazis ? Nous n'avons pas demandé à ceux qui sont venus s'installer s'ils avaient la carte du Parti. À présent, ils sont argentins et nous n'extradons pas les Argentins.

— Mais vous savez au moins qui ils sont et où ils sont, dis-je soudain. (Je ne reconnais pas ma voix. Le Colonel me fixe sans répondre.) Ce n'est pas possible que ces fumiers se soient installés à votre insu. Vous protégez des criminels de guerre ! Des hommes qui ont massacré des millions d'êtres humains !

Je me suis levée et je me suis penchée au-dessus de ce salopard de Colonel qui me considère les yeux légèrement écarquillés, comme s'il avait affaire à une folle.

— Et ces tueurs ont encore massacré deux hommes et peut-être mon amie ! Vous croyez que je vais avaler ça ? Je suis journaliste et demain le monde entier saura ce qui se passe dans votre foutu pays ! Je vais en appeler à la Cour internationale de La Haye dont fait partie Mrs Gutierez en tant qu'expert ! Je vais en appeler à l'ONU ! Je vais vous faire chier du sang !

Sam s'est levé et me retient mais il en faudrait dix comme lui pour m'arrêter. Dans mon dos, la porte s'est ouverte et je sais que quelqu'un est entré.

— Calmez-vous, asseyez-vous.

Je ne bouge pas. Je ne peux pas. Je suis en bois. Tétanisée jusqu'à l'os par l'horreur et la rage. Le Colonel fait un signe et j'entends la porte se refermer.

— Vous devez faire rechercher notre amie, dit calmement Sam. De nombreux accords lient nos deux pays, et vous savez combien, aux États-Unis, nous sommes attachés aux Droits de l'Homme. S'il venait à se savoir qu'une de nos ressortissantes a été enlevée par des nazis, fussent-ils argentins, et... mise à mort, je ne donne pas cher des bonnes relations que nos gouvernements pourraient entretenir à l'avenir. Je demande à ce que nous soyons reçus par une haute autorité de votre pays pour lui soumettre le problème. Mrs Gutierez-Cabrerra est une personne connue et importante, sa disparition fera beaucoup de vagues et ne peut que nuire aux uns et aux autres.

Le Colonel se lève et se met à marcher dans la pièce. Il est si grand que sa tête arrive en haut des tableaux qui ornent les murs. Il fouille ses poches à la recherche d'une cigarette. Visiblement, il est bien emmerdé, ce connard galonné. Mais je ferai exactement ce que je lui ai promis. S'il est arrivé quelque chose à Nina...

— Vous êtes descendu dans quel hôtel ? demande-t-il à Sam. Vous, je sais où vous êtes, me lance-t-il. Vous nous prenez vraiment pour des imbéciles, Mrs Khan. Vous croyez que vos simagrées pour semer mes agents ont marché ? Vous choisissez mal vos amis. Ces deux vieux ont passé leur vie à rechercher leurs enfants, mais nous-mêmes nous ignorons où ils sont. Notre pays a connu bien des vicissitudes, mais notre unique souci est de faire de l'Argentine un pays où il fait bon vivre désormais, avec moins de chômeurs, moins de misère.

« Le passé est enterré et tout le monde veut l'oublier. Ce qui est arrivé avec la junte fait partie désormais de notre histoire. Personne n'a intérêt à y revenir. Ces enfants vivent dans des familles qu'ils croient être les leurs, pensez-vous qu'il serait bon pour eux qu'ils apprennent la vérité ? Il est trop tard. Plusieurs certainement ont fondé leur propre famille. On ne revient pas en arrière. Laissez les morts enterrer les morts.

— Nous sommes d'accord, dit Sam, tout ce que nous voulons à l'heure actuelle, c'est retrouver Mrs Gutierez. Dès qu'elle sera parmi nous, nous repartirons et vous n'entendrez plus parler de rien.

Le Colonel se mord les lèvres, la fumée le fait cligner

des yeux. À quoi pense-t-il à cet instant même ? À lui, bien sûr, et aux risques qu'il est disposé ou non à prendre. Il calcule, suppute comme tous ceux que la vie ou la mort des autres indiffère. Nous aider sera-t-il rentable pour sa carrière ou au contraire se retrouvera-t-il dans un placard ? Et de quelle latitude dispose-t-il ? Il écrase sa cigarette, ou plutôt la réduit en miettes, tellement il appuie.

— Rentrez à votre hôtel, je vais voir ce que je peux faire. En aucun cas le gouvernement de mon pays ne devra être mêlé de près ou de loin à cette histoire. Les services de police feront leur devoir et rechercheront Mrs Gutierez selon les moyens légaux. S'ils ne la retrouvent pas, votre ambassade sera prévenue qu'une de leurs compatriotes a disparu au cours d'un voyage d'étude. Pour le cas... où il s'avérerait que Mrs Gutierez a été... enlevée et... abattue... mes services affirmeront qu'elle l'a été par des voyous, des dealers dont notre pays a plus que sa part. Le ministère de l'Intérieur confirmera en tout état de cause cette explication. Aucun de nos concitoyens ne pourra être inquiété à ce sujet. Si vous la retrouviez d'une façon ou d'une autre, et dont je ne veux rien savoir, vous devrez repartir avec elle et ne pas chercher... enfin ne rien tenter qui puisse donner à penser que certains de nos compatriotes seraient liés de près ou de loin avec certain parti vieux de cinquante ans.

« Nous savons ce qui se passe chez nous et nous n'avons pas de leçon à recevoir d'étrangers. Voilà. Demain... sera déposée au bureau de votre hôtel une enveloppe contenant certains renseignements qui pourront peut-être vous aider dans votre recherche, mais sans garantie aucune.

— Et pour ces malheureux Israéliens ?

— Pour eux ? Ça ne dépend pas de moi, mais du ministère des Affaires étrangères. La politique est l'art du donnant, donnant. Aucun pays n'aime perdre ses ressortissants, mais dans le cas présent Israël à mon avis devra se montrer... raisonnable. J'ai été ravi de vous connaître, lieutenant. Revenez me voir si vous repassez un jour dans mon pays. Madame, j'espère que vos efforts seront couronnés de succès, je vous le dis très sincèrement. Mes hommages.

32

L'*estancia* est immense, mais ce qui l'entoure l'est plus encore. La pampa, rêche, soulevée de tertres et de collines herbeuses comme une peau malade, se perd à l'horizon. Et dans ce vide minéral, d'innombrables bovins gardés par des gauchos sont les seules preuves de vie. Aux limites de la propriété, des *peones* travaillent dans les champs. Leurs tracteurs tracent des sillons, rejetant sur les côtés une terre crayeuse.

Völner est parti à l'aube assister au marquage des bêtes dans une calèche conduite par un homme armé. Dans la propriété, des hommes et des femmes vont, viennent, s'interpellent à grands cris dans une frénésie qui échappe à Nina, comme si chacun avait une mission définie qu'il devait mener à bien. Elle s'est installée près de la piscine, olympique par ses dimensions, luxueuse, bien orientée par rapport au soleil. Maurizio est déjà venu deux fois lui proposer des boissons ou des magazines. Elle a refusé. Ne rien faire qui puisse leur laisser croire à une quelconque abdication.

Ce matin, c'est Ulrich qui la surveille. Il ressemble à Hans par la corpulence et la couleur des cheveux, bien qu'il soit plus enrobé. Il n'est ni beau ni laid, mais plus maniéré que son amant. Une légère bedaine gonfle sa chemise et Nina remarque son regard inquiet. Nina préfère l'autre, sans s'en expliquer la raison. De toute façon, les deux sont des créatures du monstre, comme Maurizio et tous ceux qui travaillent ici.

Depuis qu'elle est arrivée, elle se torture la cervelle pour imaginer une issue. Elle ne croit pas que quiconque puisse la retrouver. Les images du martyre de ses compagnons la hantent au point de lui faire perdre courage. Elle s'est trouvée projetée dans un monde horrible dont elle avait égaré le souvenir. Les États-Unis ne dépenseront pas un dollar pour la récupérer, parce qu'ils ne voudront pas gêner leur partenaire le plus performant en Amérique latine.

Seule, Sandra doit la chercher comme une folle. Mais comment imaginerait-elle qu'elle ait été enlevée parce qu'elle accompagnait des hommes qui mentaient sur leur identité ? Elle doit courir les ministères, faire le siège de la police et des hôpitaux, mais certainement pas penser que sa compagne s'est trouvée au mauvais endroit au mauvais moment.

Quand elle pense à Sandra, Nina a le cœur qui se tord de chagrin. Depuis qu'elle a compris la personnalité perverse de Völner, elle n'a aucun doute sur ce qui l'attend. Il jouira d'elle jusqu'à ce que son plaisir exige qu'il la tue. Qu'elle joue ou non son jeu.

À ce point de réflexion, Nina sent ses forces l'abandonner. Pourquoi lutter pour prolonger ce qui ne vaut plus la peine d'être vécu ? Quand l'Allemand le décidera, il l'abandonnera aux Croates experts en souffrances.

Et là encore, il sera présent.

33

— Maria a du mal à reprendre pied, dit Mrs Goodman, sa vie est fichue. Je la comprends, Sarah était sa seule enfant.

On dîne dans la salle à manger du *Hyatt*. Je suis allée chercher mes affaires chez Mafalda, en lui expliquant que j'allais certainement partir à l'intérieur du pays avec un ami. Je ne lui ai pas tout raconté de ce que nous a dit le barbouze.

— Carlos a prévenu ses correspondants, ils vont se mettre en chasse, m'a dit Mafalda.

Je ne lui ai pas avoué que leur adversaire connaissait le moindre de leurs mouvements et les laissait agir parce qu'il les jugeait inoffensifs.

— Nous resterons en contact pour échanger nos informations. Merci d'être ce que vous êtes, Mafalda, ce sont des gens comme vous qui donnent le courage de continuer.

Lorsqu'on s'est embrassées, j'ai eu l'impression d'abandonner une amie que j'aimais et connaissais depuis toujours.

— Il faudrait que ta cousine quitte le pays, dit Sam à sa mère, plus rien ne la retient, je crois.

— À part les tombes des siens, a répliqué Mrs Goodman.

Lorsqu'on s'est retrouvés, elle n'a posé aucune question sur ce que l'on avait fait. Elle baignait encore dans l'ambiance morbide où elle avait vécu chez sa cousine.

La salle à manger est presque pleine à cause des tour-opérateurs haut de gamme. Je préférais le *Liberty*. Si je retrouve Nina, je l'emmènerai dans ma chambre au 412, ou dans la sienne, la 612, et on ne réapparaîtra pas d'une semaine. Si je la revois dans cette vie, je jure de ne jamais la quitter plus des quelques heures nécessaires aux tâches alimentaires. Si elle m'est rendue, je lâcherai les enquêtes criminelles et je demanderai que l'on me confie la rubrique santé et famille du canard. Si je...

— Ça va, Sandra ?
— Hein ?
— On ne vous entend plus. Vous étiez perdue dans vos pensées ?
— Heu...
— Sam, tu es bien indiscret. Une jeune femme a le droit de se réfugier dans son jardin secret. Ne trouvez-vous pas, ma chère, qu'il est bien difficile d'être tranquille avec un homme ? Il faut être sans cesse en train de penser à eux, enfin, ils aiment le croire. Sans nous, ils sont perdus, n'est-ce pas votre avis ?
— J'avoue que je n'en ai pas.
— De quoi donc ?
— D'avis.
— Ah, vous avez bien raison. Les jeunes femmes de maintenant sont moins sottes que nous l'étions. Notre existence se passait à simplifier celle de notre époux, de nos enfants, qu'ils ne manquent de rien, et la nôtre, bof ! s'il restait du temps !
— Maman...
— Quoi, maman ? N'ai-je pas raison ? Tu as trente-huit ans et je m'inquiète encore de savoir si tu dors bien, si tu manges correctement, et j'en passe. Vous savez, Sandra, quand on a des enfants, les soucis c'est pour la vie. Vous n'en avez pas, je crois ?

— Non.
— Ah, que je suis sotte, vous n'êtes pas mariée... quoique à présent beaucoup de femmes ont des enfants seules. J'avoue que je suis contre. Élever un enfant à deux est déjà difficile, alors seule... mais... excusez-moi, quel âge avez-vous ?
— Maman !
— Oui ?
— Sandra se morfond pour son amie, alors je t'en prie, ce genre de propos est très mal venu.
— Mais, c'est exprès. Je vois bien tous les deux que vous vous faites du mauvais sang. Et à quoi ça sert ? Demain il fera jour. Je suis certaine que votre amie va réapparaître avec une bonne explication. Si elle a été envoyée ici pour une enquête officielle, ce n'est pas comme si elle était venue seule, sans connaître personne. Tu m'as dit toi-même que Sandra avait téléphoné à tous les hôpitaux, à la police, et qu'aucun accident concernant une Américaine n'avait été signalé. Par curiosité, j'ai consulté chez ma cousine une carte du pays, mais c'est gigantesque ! je suis sûre qu'il y a plein d'endroits où tu n'as même pas de quoi téléphoner ! On n'est pas en Amérique ! C'est assez archaïque, ici. C'était quoi, son travail ?

Je la coupe.

— Je me sens fatiguée, je vais vous demander de m'excuser.
— C'est vrai que vous avez une petite mine. Vous n'avez rien mangé... vous n'êtes pas grosse, vous non plus, vous êtes comme Sam... c'est la mode à présent, on doit tous être minces. Résultat, les gens ne s'alimentent plus et sont toujours fatigués. Reprenez un peu de viande.
— Merci, je n'ai plus faim. J'ai besoin de sommeil, excusez-moi, dis-je en me levant.
— Vous vous inquiétez pour votre amie, hein ? Elle est toute seule dans la vie ? Pas mariée, elle non

plus ? C'est dur pour une femme de se débrouiller seule. Elle a encore de la chance d'avoir des amis comme vous deux... Quand vous avez téléphoné, Sam m'a dit qu'il prenait l'avion le jour même. C'est beau, l'amitié. Moi, j'en ai profité parce que j'étais certaine que si je partais à un autre moment il ne m'accompagnerait pas, bien qu'il me l'ait promis. Il faut que nous soyons rusées, nous les mamans.

— Bonsoir, Mrs Goodman, ravie d'avoir fait votre connaissance.

— Moi de même. Mon fils semble tellement vous aimer que je voulais absolument vous connaître... et quand vous êtes partie à San Francisco, il était trop tard pour vous rencontrer. J'ai vraiment regretté que vous partiez.

— Ah bon ?

Elle a un petit rire gêné.

— Je vais vous faire une confidence. Mon fils ne me parle jamais... des jeunes femmes avec qui il sort, alors moi j'en suis réduite aux conjectures... Est-elle sérieuse, est-elle de bonne famille, est-elle de chez nous... ? Alors quand j'ai su que vous étiez une grande journaliste, que j'ai vu votre nom et votre photo dans le *Times* pour le Pulitzer, que vous aviez l'âge de mon Sam et que vous sembliez bien l'aimer, je me suis prise à rêver.

— À rêver ?

— Vous savez bien ce que je veux dire.

— Maman ! Arrête de faire ta *yarthney*[1].

— Quoi, *yarthney* ? Je n'ai pas le droit de dire que je voudrais bien voir mon fils installé avec une gentille fille ? C'est interdit ? Les malheurs et les soucis n'empêchent pas que la vie continue. C'est ce que j'ai dit à ma cousine. Si elle avait refait sa vie à la mort de son époux, elle ne se retrouverait pas maintenant seule comme un chien !

---

1. Mot yiddish signifiant plus ou moins commère.

Sam se lève brusquement de sa chaise. Il est vert de rage.

— Je vous accompagne à votre chambre, me dit-il en m'empoignant encore une fois le bras.

On traverse la salle en plantant là sa mère. Ça devient une habitude.

34

Je n'ai pas fermé l'œil de la nuit, et il n'est pas 7 heures que j'appelle la réception pour savoir si quelqu'un a apporté une enveloppe. C'est à 8 heures que le préposé me dit qu'on est venu en déposer une. Je demande qu'on me la monte illico.

C'est une enveloppe banale. À quoi m'attendais-je ? Des cachets de cire et des tampons Top Secret ? Je la déchire et en tire une feuille de papier. Un nom y est inscrit. Markus Völner.

Je lis et relis ce nom. De quel chapeau a-t-il été tiré ? Et surtout qui est ce Völner et où le trouver ? Aucun espoir que le colonel tabagique en dise davantage. Ses propos ont été clairs : « Disparaissez. »

Déjà découragée, je m'assois sur mon lit. Markus Völner. Ce nom est-il censé me dire quelque chose ? J'appelle Sam.

— J'ai l'enveloppe, dis-je, dès qu'il a décroché. Et un nom : Markus Völner.

— Et c'est tout ?

— C'est tout.

— Je vous retrouve en bas dans une demi-heure, dit-il avant de raccrocher.

C'est toujours simple entre Sam et moi. Une demi-heure après, on est installés dans la salle à manger.

— Ça m'étonnerait que ce type soit dans l'annuaire, dis-je.

— Évidemment. Peut-être vos amis en ont-ils entendu parler ?

— Je ne pense pas. Ça n'a certainement rien à voir avec l'histoire des enfants disparus. Peut-être était-ce lui que le Mossad recherchait... mais, dis-je tout à coup, et si on s'adressait à l'ambassade d'Israël ?

Sam me regarde par-dessus ses œufs brouillés.

— Pas bête, à part qu'ils ne nous diront rien.

— Pour quelle raison ?

— Réfléchissez. Si ce que nous a dit votre Colonel est vrai, et que les deux hommes qui accompagnaient Nina se sont fait repérer et assassiner, les Israéliens qui ne connaissent pas Nina s'en moquent : ils ne vont pas risquer de se griller pour nous aider à la retrouver. Selon ses termes, ils vont garder un profil bas. C'est grave en temps de non-belligérance, de kidnapper un ressortissant dans un pays ami.

— Il faut essayer. D'abord je demande aux renseignements, on a déjà vu des coups plus foireux.

Mais les renseignements téléphoniques ne connaissent pas de Markus Völner. Sam, sans illusion, accepte de m'accompagner à l'ambassade israélienne. C'est encore une fois un sous-fifre qui nous reçoit. Mais à la différence de celui de l'ambassade des États-Unis, celui-ci ressemble à un baroudeur. À mon avis, chaque Israélien doit posséder plusieurs casquettes. Pour le mettre en confiance, je commence :

— Nous sommes juifs américains...

Mais à voir son air fermé, il s'en tape. Je lui raconte l'affaire, et en même temps je me rends compte que soit il est au courant des circonstances de la mort de ses compatriotes, soit il l'ignore, et dans les deux cas, il ne dira rien.

J'ai raison. Il pose ses coudes sur la table et nous examine alternativement.

— Pourquoi n'allez-vous pas raconter votre histoire à votre ambassade ? Cette Mrs... Gutierez, elle est américaine.

— Oui, mais les deux hommes qui l'accompagnaient étaient israéliens.

— Je ne crois pas, répond-il d'un air indifférent. Aucun de nos compatriotes n'a été signalé disparu ici.

— Est-ce qu'on peut voir l'ambassadeur ou l'attaché militaire ? coupe Sam.

— Nous n'avons pas d'attaché militaire, nous sommes dans un pays ami.

Notre interlocuteur est d'un calme et d'une froideur effrayants. Ses yeux clairs sont dépourvus d'expression. Sam se penche vers lui.

— Nous avons vu les photos des deux hommes qui ont été tués, c'était horrible. Nous ne voulons pas que notre amie subisse le même sort. Nous savons que ces hommes voulaient ramener un ancien nazi en Israël pour y être jugé. Peut-être est-ce ce Völner ? Votre combat est le nôtre. Nous sommes tous des Juifs. Nous pouvons vous aider à attraper ce type qui a massacré vos agents et que vous devez connaître. Nous sommes plus que vous libres de nos mouvements.

Je regarde l'Israélien et je comprends ce qui fait à la fois leur force et leur fragilité. La sensation de leur solitude. Une seule chose compte pour eux. Ce qu'ils doivent à leur pays. Cet homme sait parfaitement ce qui est arrivé à Stanley et Ruiz, ou plutôt, Amos et Ari, mais nous ne sommes pas des Israéliens, simplement des Juifs, et notre problème ne le concerne pas.

— Je suis désolé, dit-il en se levant, mais nous ne pouvons pas vous aider. Nous ne connaissons ni les hommes que vous prétendez morts, ni ce Markus Völner.

— Faites-nous rencontrer l'ambassadeur, insiste Sam.

— Monsieur l'ambassadeur est actuellement absent d'Argentine, c'est moi qui le remplace. Je vous souhaite de revoir votre amie.

On se retrouve encore une fois sur le trottoir.

— Dire que j'ai passé une partie de mon adolescence à vendre des bons du Trésor israélien et à faire des collectes pour les kibboutz, dis-je, amère.

— Il faut les comprendre, explique Sam. Ils ne nous connaissent pas et ont un sacré problème à résoudre. Perdre deux hommes est un drame partout, mais en Israël c'est une tragédie. Ils devront affirmer au gouvernement argentin qu'ils ne connaissaient pas ces hommes, et dans ce cas ne pourront même pas demander qu'on leur rende leurs corps. Vous voyez le topo pour les familles ? Et nous, on s'amène la mine enfarinée pour qu'il nous dise où on peut trouver un salopard de nazi qui a peut-être enlevé une de nos amies et tué des hommes qui n'existent pas.

— Bon, alors, qu'est-ce qu'on fait ? dis-je, furieuse qu'il ait raison.

Il me prend par les bras et me tourne vers lui.

— Nous avons un nom, débrouillons-nous pour dénicher l'adresse. Ce n'est pas impossible. Nous savons que les Fritz se sont pour la plupart installés après la guerre dans des régions plus ou moins isolées ou désertes pour se faire oublier. Beaucoup ont acheté ou créé des *estancias* pour faire de l'élevage et de la culture : ça sert souvent de couverture à d'autres activités...

— Ouais, et alors ?

— On sait aussi qu'ils se sont plus ou moins regroupés dans certaines parties de la pampa, où existaient déjà des foyers teutons. S'ils font de l'élevage, c'est à une grande échelle. Ces salopards avaient les poches bourrées de l'argent qu'ils ont volé aux nôtres dans les pays qu'ils ont occupés. OK ? Donc, ils ont créé des sociétés, mais derrière ces sociétés il y a le nom de son propriétaire.

Je commence à voir où il veut en venir, mais j'ignore comment il veut s'y prendre.

— Alors nous allons contacter le ministère de l'Agriculture et celui du commerce extérieur qui délivre les licences d'exportation, et nous allons demander à consulter les registres.

— Et ils nous laisseront faire ?

— Ce que je ne vous ai pas encore dit, c'est que le frère de la cousine de ma mère s'appelait Jacob Gutman, qu'il possédait le plus important groupe de presse du pays, et qu'il a été assassiné par la junte. Les services de monsieur Carlos Menem n'ont rien à refuser à sa sœur.

Effectivement, les services de monsieur Carlos Menem n'ont rien refusé. Et installés dans le bureau du service qui délivre les licences à l'exportation, nous nous crevons les yeux, Sam et moi, à rechercher depuis des heures sur un ordinateur les propriétaires des différentes sociétés qui exportent les fameuses entrecôtes argentines. Mais Völner pourrait être plâtrier, retraité, ancien mercenaire, ou ex-chanteur lyrique.

J'ai essayé de joindre le Colonel pour en savoir un peu plus. Quitte à être détestée, autant que ce soit pour une bonne raison. Mais on m'a répondu que le cher homme venait de partir en mission au Chili.

Les yeux usés à force de lire les noms de tous ceux qui de près ou de loin tranchent dans la viande bovine, je râle :

— Nom de dieu ! À ce tarif, on y sera encore l'année prochaine ! on s'y prend comme des manches !

Et pendant ce temps, ce temps qui s'étire et que je perds, je ne sais pas ce qu'il est advenu de Nina.

« Enfants dans la guerre » s'est enfin bougé. C'est-à-dire qu'ils ont envoyé une circulaire à leurs correspondants signalant sa disparition. Leur bureau d'Atlanta a prévenu l'ambassade américaine à Buenos Aires de rechercher une citoyenne latino-américaine chargée de mission pour leur organisme. J'apprends en même temps que l'UNESCO n'a jamais mandaté Nina : cette association caritative dépendant de je ne sais quel organisme de l'ONU s'en est chargée. Autrement dit, entre Nina et celui qui a décidé d'en savoir plus sur les gosses argentins disparus, il y a une armée de fonctionnaires anonymes et endormis sur leurs dossiers qui n'en ont strictement rien à foutre de la disparition d'une universitaire.

J'ai l'impression de me débattre dans une tonne de glu, alors que Nina est peut-être morte ou entre les mains de gens capables de torturer à mort d'autres hommes et qui vivent tranquillement à l'abri des lois.

35

Völner, absent depuis l'aube, pénètre dans l'*estancia*. Nina, derrière la baie de sa chambre qui ouvre sur l'immense cour, l'aperçoit et frissonne. Une journée de gagnée. Mais sur quoi ? Une journée à imaginer l'inimaginable : sa propre mort et la souffrance qui l'accompagnera.

Pendant ces heures interminables, rien ne s'est passé. Elle a été bien traitée, autant par Maurizio que par Hans et Ulrich, qui semblent attachés à sa surveillance. Pour l'empêcher de se sauver ? Où ? La première ville est de l'autre côté de la montagne. Pour y parvenir, il faut traverser une plaine immense et franchir ce bout de montagne ; combien de jours de marche, sans eau, sans vivres, avec les types de Völner lâchés à ses trousses ?

L'Allemand arrive dans sa calèche comme ces aventuriers du début du siècle venus faire fortune, et qui, parvenus, ont voulu jouer les aristocrates. Des gauchos l'entourent, portant des torches. C'est Hollywood vu par un mégalo, un fou, un assassin. Aidé par son cocher, il descend avec raideur, déguisé en gaucho. Nina reconnaît avec écœurement chaque pièce de son costume. Des *bombachas de campo*, ces pantalons amples qui ressemblent à des jodhpurs, enserrent ses jambes maigres. Sur une blouse courte boutonnée au cou, appelée *corralera*, il a glissé dans une large ceinture de cuir fermée par une *rastra* ornementée, un *facòn*, le typique couteau argentin. Il porte des éperons à molettes hérissées de pointes, et frappe ses courtes bottes avec un fouet court, le *rebenque*, dont ne se sépare jamais le véritable gaucho.

Levant les yeux vers elle, il la salue d'un geste ample de son *chambergo*, le chapeau à large bord. Puis, appuyé sur sa canne, il pénètre dans la demeure. Les cavaliers regagnent leurs quartiers en parlant haut et fort et en faisant caracoler leurs montures. Les yeux de Nina se mouillent de nostalgie. Elle entend la voix de Maurizio accueillir son maître. Il ne l'aime pas. Il en a peur. Elle l'a compris. Comment peut-on vivre dans la peur ? Elle l'ignore.

Le régisseur lui a apporté son dîner dans sa chambre. Il est resté intact sur la table. Il le lui a reproché. Elle a vu qu'elle lui plaisait. Et alors ? Il ne fera rien contre son maître. Et les deux autres ? Deux paumés qui se sont retrouvés au milieu de nulle part sans pouvoir s'en échapper. Eux aussi sont prisonniers. Völner ne les laissera jamais repartir. Ils en ont trop vu. Se servir de ces hommes ? Mais comment ? Ils doivent craindre les amis de Völner autant que les autorités. Elle ne pense pas qu'ils auront le courage de l'aider. Pourquoi le feraient-ils ? Ils sont coupables, presque autant que leur patron.

Au bout d'un moment, le pas de Völner résonne dans l'escalier, reconnaissable à cette boiterie dont il se sert avec afféterie, à la manière de ces Prussiens du début du siècle qui exhibaient leurs balafres et leurs mutilations comme gages de leur courage.

Il frappe, attend un moment et ouvre. Il a eu le temps de troquer son costume de cavalier d'opérette contre une veste d'intérieur en soie grège brodée, portée sur un pantalon sombre.

— Bonsoir, madame.

Elle ne répond pas, le toise de loin, la main

appuyée sur un dossier de fauteuil en bois doré et velours pourpre.

— Avez-vous passé une bonne journée ? (Il regarde le plateau intact.) Vous n'aimez pas ce que l'on vous a servi ? Pourquoi ne pas avoir demandé autre chose ?

— Qu'allez-vous faire de moi ? coupe Nina.

— Vous permettez ?

Il s'assoit avec un soupir de lassitude dans le canapé assorti au fauteuil, lève les yeux vers elle et lui sourit avec un regard de connaisseur.

— Avez-vous déjà assisté au marquage du bétail qu'on appelle ici le « yerra » ? C'est très intéressant. Le castrage des jeunes mâles, les vaccinations, les accouplements. Ces bêtes sont stupides d'avoir peur, elles ne souffrent pas. Elles ont un cuir trop épais pour sentir la brûlure du fer. D'ailleurs, la notion de souffrance est subjective, chacun la ressent de manière différente. Il existe même une maladie génétique où les gens ne la perçoivent pas. C'est fort ennuyeux, parce que la douleur est le signal d'alarme de la maladie. Je les plains réellement. Je ne suis pas vraiment croyant, mais quand la religion catholique parle de rédemption par la souffrance, je lui donne raison. Tous ces saints qui se mortifient y trouvent du plaisir. Avez-vous assisté à ces processions de flagellants, à ces hommes qui se mettent en sang au nom de Jésus ? J'ai vu ça une fois aux Philippines, c'est très impressionnant.

« Pour nombre d'entre nous, jouissance et souffrance sont intimement liées. J'ai fait la guerre, vous vous en doutez, eh bien vous seriez étonnée de la facilité avec laquelle le simple citoyen, le soldat de base, devient un bourreau. Mais je vous ennuie avec des notions que vous connaissez, j'en suis certain.

— Vos histoires ne m'intéressent pas. Pour moi vous n'êtes qu'un misérable assassin. Je hais les nazis et les gens de votre espèce. Je voudrais vous détruire, tous, jusqu'au dernier. Vous êtes la lie de l'humanité.

Völner l'écoute et hoche la tête.

— Je peux vous comprendre, sans toutefois vous approuver. Comme beaucoup, l'esthétique vous échappe. (Il sourit.) Vous êtes belle et courageuse, deux vertus que je privilégie. Je voudrais passer un marché avec vous.

— Ça ne m'intéresse pas. Vous ne pouvez pas me laisser vivre, alors, finissons-en.

— Pourquoi cette hâte ? La mort est chose affreuse. Penser que pourrira un corps aussi beau que le vôtre, dévoré par les vers qui le nettoieront et n'en laisseront que des os, me contrarie. Je peux vous offrir mieux, beaucoup mieux.

De l'extérieur arrivent les rires et les voix grasses des gauchos. Völner tourne la tête vers la baie et hausse les épaules.

— Croyez-vous que ces misérables ont de l'intérêt. À quoi servent-ils ? Ils naissent, se reproduisent, et meurent. Qu'ont-ils laissé comme empreinte ? D'aussi misérables qu'eux qui se reproduiront et disparaîtront à leur tour.

— L'ongle de leur petit doigt a davantage de valeur que toute votre carcasse, Völner. Vous êtes un fléau pour l'humanité, une charogne. Je suis certaine que vous puez depuis votre naissance. Si votre mère vous avait mieux regardé, elle aurait vu sur vous la marque du diable !

Völner fit une grimace.

— Ma chère, dit-il, durcissant le ton, je vous offre l'alternative de vivre ou de mourir. C'est celle que l'on nous donne en naissant, n'est-ce pas ? C'est en ceci que je rejoins les plus grands créateurs. L'art est dans tout.

— Je vous ai déjà dit que ça ne m'intéressait pas.

— Allons, allons...

Il se releva avec difficulté.

— Dieu, que je suis fatigué, ce soir... réfléchissez, nous avons tout notre temps, enfin, un certain temps. Des amis à moi viendront demain, des relations d'affaires, plus exactement. De beaux hommes virils, rustiques, certes, mais je sais que les femmes ne sont pas contre une certaine... sauvagerie. J'aimerais que vous les connaissiez. Vous me comprenez ? Ce serait un examen, en quelque sorte, un passage obligé vers la vie que je vous accorderai... ou pas. En contrepartie (Il eut un petit rire aigrelet.), vous aurez le droit de me... punir. Voyez, mon marché est équitable.

— Sors ! Fous le camp, espèce de monstre ! Te punir ? Mais qui aura assez d'imagination pour le faire à la mesure de tes crimes ! Combien de fois devrait-on te tuer ? Esthète ? Immonde cinglé serait plus juste !

Nina se précipite vers lui, qui ne bouge pas. Elle le frappe de toutes ses forces, vise la bouche, double ses coups, poings fermés.

Il lève instinctivement les bras, mais les rabaisse et se laisse tomber dans le canapé. Il lève vers elle un visage marbré de sang, et elle le frappe encore, en lui crachant sa haine et son dégoût.

Il tombe à terre, sur le dos, et elle le bourre de coups de pied jusqu'à ce que la porte de sa chambre s'ouvre violemment et qu'entrent deux domestiques, dont l'un se saisit de Nina et la maintient, tandis que l'autre relève Völner, le soulève dans ses bras comme un mannequin et sort rapidement.

Nina ne se calme pas, et l'homme est obligé de la frapper à son tour. Il la fait tomber à terre et en profite pour quitter rapidement la chambre.

Hans est venu aider le domestique à porter Völner dans ses appartements. La bouche sanglante du vieillard s'ouvre dans un rictus satisfait.

36

Le brouhaha m'enferme dans une bulle que je ne voudrais jamais quitter. Des silhouettes que je ne reconnais pas passent et repassent. Sur la table, devant moi, une assiette avec de la nourriture. Sam et sa mère sont à côté. Ils pourraient aussi bien être à des années-lumière.

Je sais que la vie peut continuer. Que je rirai de nouveau. Que je lirai, regarderai des films, écouterai de la musique. Peut-être même aimerai-je encore. Je reverrai mes amis et après un temps de compassion, ils chercheront à me sortir de mon chagrin. Je sais tout ça, mais je n'y crois pas.

Quand Joan est morte, violée et assassinée [1], quand ils m'ont amenée sans précaution reconnaître son corps — je n'oublierai jamais l'air bovin du gros flic qui s'est transformé en air salace quand il a compris que Joan était ma compagne —, je croyais que ma vie s'arrêterait en même temps que la sienne. J'avais tort, ma vie a continué. J'ai tué son assassin, et j'ai cru que c'était ça qui justifiait qu'elle continue.

J'avais encore tort. Elle continue parce que c'est son boulot. Elle continue jusqu'à ce que quelqu'un ou quelque chose l'arrête. Parce qu'il ne faut pas imaginer qu'elle va le faire quand vous l'avez décidé,

---

1. Voir *Un été pourri*, du même auteur, Éditions Viviane Hamy.

quand vous en avez marre qu'elle vous colle à la peau. Si vous n'en voulez plus, si vous la haïssez au point de ne plus pouvoir la supporter, il va falloir que vous vous coltiniez le boulot de l'arrêter. Et elle va s'accrocher, la garce, parce que c'est son rôle.

« *Attends, réfléchis, donne-toi du temps... laisse-moi une chance de te prouver que je vaux encore la peine. Je sais, tu en as pris plein la gueule et c'est peut-être pas fini, parce que moi, la vie, faut me mériter. Faut m'adorer pour me supporter, faut pas pouvoir se passer de moi pour accepter toutes les vacheries que je fais. Attends... regarde, regarde comme je peux être belle. Écoute les rires des enfants, le bruit du ruisseau, le chant des oiseaux. Tu sens, tu sens les baisers, les caresses... tu vois les arbres et les fleurs ? Et les yeux de ce chien qui t'attend et te pardonne d'avance ? Tu veux lâcher tout ça ? Tu veux m'abandonner ? Ingrate qui as déjà oublié les efforts que j'ai faits pour elle.* »

— Quoi, quoi ?

— Sandra, ça ne va pas ?

Sam, penché vers moi, m'examine d'un air inquiet. De l'autre côté de la table, sa mère affiche la même expression.

— Si, ça va très bien, merci.

— Sandra, vous avez entendu ce que ma mère vient de dire ?

— Non, excusez-moi. Qu'a-t-elle dit ?

Je les regarde tous les deux comme si j'allais les mordre, et c'est bien ce que j'ai envie de faire. J'ai cru connement que Sam m'aiderait à retrouver Nina, et au lieu de ça on passe notre temps à aller de l'un à l'autre, d'une paperasse à l'autre. Et sa mère, sa chère mère qui passe le sien... au fait, à quoi passe-t-elle son temps cette femme ?

— Ma mère a parlé à sa cousine de la disparition

de Nina et de ce Markus Völner, et elle vient de l'appeler...

— Qui ?

— Sa cousine. Ma mère vient de recevoir un coup de téléphone de sa cousine.

— Ah ?

— Et sa cousine lui a dit qu'elle savait peut-être où se trouvait Völner.

Je regarde Mrs Goodman qui se tient debout derrière sa chaise. Je n'avais pas remarqué qu'elle s'était levée.

— Qu'est-ce que vous racontez ?

— Maria, ma cousine, intervient Mrs Goodman qui s'adresse à moi en détachant soigneusement chaque syllabe, fait partie depuis des années, bien avant l'assassinat de son frère Jacob, d'une association juive qui se charge de collecter les documents sur la Seconde Guerre mondiale. Cette association qui dispose de moyens et est en liaison avec Yad Vashem[1] à Jérusalem, a relevé la piste de nombreux anciens nazis réfugiés ici, et a communiqué les noms à Simon Wiesenthal, à Vienne.

— Oui ?

— Et Markus Völner fait partie de ces nazis, achève Sam. Maria pense qu'elle peut retrouver sa trace.

---

1. Mémorial de la déportation.

37

Ses paupières s'ouvrirent brusquement comme des capotes de fiacre, et ses yeux se fixèrent sur la nuit. Elle sentit son cœur s'emballer et son corps s'inonder de sueur. Ses bouts de doigts étaient percés de milliers d'aiguilles et un sac de sable se posa sur sa poitrine, lui coupant la respiration. Elle ouvrit la bouche pour happer l'air, mais sa langue se colla au palais et elle suffoqua. Ses intestins se tordirent et dans un sursaut de volonté, elle se précipita aux toilettes où elle se soulagea brutalement.

Elle resta un moment assise sur la lunette, le corps frissonnant et secoué de spasmes. Puis elle se nettoya et se précipita sous la douche où elle resta sans bouger sous le jet, la tête levée, laissant couler ses larmes emportées par l'eau froide qui ruisselait sur elle sans parvenir à noyer sa peur. Tremblante, elle réchauffa l'eau et eut aussitôt envie de vomir. Cette fois ce fut son estomac qui remonta, crachant une bile qui brûla tout sur son passage et la laissa sans force.

Elle glissa le long du carrelage et s'assit, jambes pliées, fouettée par le jet. Elle ferma les yeux et laissa le flot de la panique l'envahir du plus profond d'elle-même. Une vague qui acheva de détruire ce qui résistait encore. Elle demeura dans cette position de repli, la tête posée sur ses genoux qu'elle entoura de ses bras. Souhaitant s'anéantir et devenir une boule qu'on ne pourrait saisir ni faire souffrir. Une boule hermétique, lisse, incassable.

Demain arrivaient les amis colombiens de Völner.

38

L'ambassadeur se leva à l'entrée du ministre qui lui serra amicalement la main.

— Excusez-moi d'avoir dû vous faire attendre, monsieur l'ambassadeur, s'excusa le ministre en allant s'installer derrière son bureau.

— Ce n'est rien, mon cher, entre nous pas de formalisme.

Les deux hommes se connaissaient depuis que l'ambassadeur était en poste à Buenos Aires. Il était déjà là lors de l'attentat contre le Centre Communautaire qui avait fait tant de victimes.

À l'époque, les relations entre l'Argentine et les États-Unis étaient tendues : l'Argentine avait besoin des dollars que les Américains refusaient de leur donner tant qu'elle ne signerait pas le Mercosur.

Les États-Unis avaient alors promis au gouvernement de Carlos Menem de débloquer l'aide à la condition que celui-ci laisse les Israéliens s'emparer des terroristes responsables du carnage. Menem avait accepté et signé le traité dans la foulée.

— Nous nous rencontrons trop peu souvent, monsieur l'ambassadeur, dit courtoisement le ministre de l'Intérieur, et toujours pour des choses graves.

— Hélas, monsieur le ministre, c'est notre lot à nous autres... je sais que vous êtes un champion de golf et moi-même je ne suis pas mauvais, et pourtant nous n'avons pas encore eu le temps de nous mesurer sur un green.

Ils discutèrent ensuite de polo où le ministre s'était autrefois distingué, puis ils en vinrent au sujet de leur rendez-vous.

— Que pense faire Tel-Aviv au sujet de ses ressortissants retrouvés morts ? commença le ministre. A-t-elle quelques lumières à leur sujet ? Nos services pensent qu'il pourrait s'agir d'agents de votre Mossad...

— Certainement pas, monsieur le ministre, protesta l'ambassadeur. J'ai contacté Tel-Aviv qui m'a dit tout ignorer de ces deux hommes arrivés clandestinement chez vous. Nous aussi sommes affligés d'une pègre que nous ne pouvons pas toujours contrôler.

— Nous sommes tous logés à la même enseigne, soupira le ministre. Cependant, monsieur l'ambassadeur, pensez-vous que ces hommes n'aient été que de simples trafiquants ?

L'ambassadeur tira une boîte de cigares de sa poche.

— Je peux, monsieur le ministre ?

— Je vous en prie. Je ne fume plus et vous envie, mais faites...

L'ambassadeur prit son temps pour allumer son Cohiba qui venait de Cuba par la valise diplomatique de la Hollande. Il tira une bouffée et se carra confortablement dans son fauteuil.

— Probablement, bien qu'ils aient pu également appartenir à des groupuscules extrémistes... heu... politiques, dont évidemment mon gouvernement ignore tout.

— Évidemment.

— Néanmoins, reprit l'ambassadeur, pensez-vous qu'il sera possible de récupérer rapidement les corps pour les rendre à leurs familles ?

— Pour l'instant nous ignorons où ils sont et qui

les a tués. Les seuls éléments dont nous disposons sont ces photos et les fiches d'identité qui les accompagnaient, reçues par nos services de sécurité. Une sorte de mise en garde. Il semblerait que leurs assassins savaient qui ils étaient avant même qu'ils ne débarquent chez nous.

— Et de quelle manière l'auraient-ils su ? demanda l'ambassadeur, saisi.

— Vous connaissez comme moi, cher ami, les nombreux liens qui unissent les mouvements terroristes et les mafias. Il n'y a plus d'idéologie, il n'existe plus qu'une loi du marché. Nos systèmes informatiques les mieux verrouillés sont de plus en plus vulnérables. Aucun gouvernement ne peut à l'heure actuelle garantir le secret de ses fichiers.

— Je comprends, soupira l'ambassadeur, que l'énormité de la bévue horrifiait.

C'était le même genre d'échec que celui qui avait conduit à l'arrestation d'agents du Service Action envoyés en Jordanie pour exécuter un chef du Hamas. Ils avaient été arrêtés par la police secrète d'Aman et échangés contre la libération de terroristes arabes détenus par Jérusalem.

— D'autant, poursuivit le ministre, qu'un autre problème grave est venu se greffer...

L'ambassadeur prit un air attentif.

— Ah ?

— Il semblerait qu'en même temps que vos... ressortissants, une citoyenne latino-américaine envoyée en mission pour le compte d'une quelconque association caritative, dépendant d'on ne sait exactement quelles instances, ait été également enlevée...

— Effectivement, notre secrétaire d'ambassade m'en a entretenu. Mais peut-être n'y a-t-il là qu'une simple coïncidence et que la relation entre la disparition de cette femme et l'affaire qui nous préoccupe est purement fortuite.

— Nous y avons pensé, mais divers indices nous poussent à croire que vos hommes se sont servis de la couverture officielle de cette universitaire pour s'introduire chez nous. Des amis américains à elle sont arrivés pour la retrouver.

— Ah, oui ?

— J'ai déjeuné hier avec le premier secrétaire d'ambassade, Harrisson, reprit le ministre qui regarda son vis-à-vis avec circonspection, il m'a laissé entendre que son pays ne fera rien qui puisse embarrasser mon gouvernement et le vôtre...

— Par qui était envoyée cette femme ? demanda l'ambassadeur qui savait parfaitement à quoi s'en tenir et voyait se dresser une montagne d'ennuis.

— Oh, une association dépendant plus ou moins du Tribunal International de La Haye qui désirait compléter ses dossiers sur les malheureuses affaires d'enfants volés qui ont secoué notre pays du temps de la junte. Vous voyez, rien de bien neuf.

— En effet.

— Nous pensons qu'elle s'est trouvée au mauvais endroit au mauvais moment, et que les meurtriers de vos ressortissants ont cru qu'elle était de mèche avec eux.

— Pensez-vous qu'elle ait été également assassinée ?

— Rien ne permet de le penser puisque nos services n'ont rien reçu à ce sujet.

— C'est bien triste, soupira l'ambassadeur.

— Très. Surtout s'il s'avérait que vos ressortissants n'aient pas été que de simples gangsters...

L'ambassadeur ne répondit pas et s'absorba dans la contemplation d'une peinture aux couleurs fortes, accrochée sur le mur derrière le ministre, et représentant une femme assise au milieu d'un jardin luxuriant et irréel entourée de sept gnomes aux trognes inquiétantes coiffés de bonnets rouges.

— Intéressant cette peinture, fit l'ambassadeur.

— N'est-ce pas ? répondit le ministre en se retournant. Je l'ai achetée dans une galerie à Paris lors de mon récent passage. C'est une femme qui l'a peinte : Jeanne Soquet.

— Une Française ?

— Oui.

— C'est de la force d'une Frida Kalho, dit l'ambassadeur.

— Elle m'a plu parce que les expressions de ces nains, je les retrouve dans mon entourage professionnel, dit le ministre avec malice.

Les deux hommes éclatèrent de rire.

— Il faut reconnaître que cette peinture possède une force, un humour... une authenticité étonnante, dit l'ambassadeur.

— L'association qui avait missionné cette universitaire pense qu'elle a pu être victime d'une banale agression crapuleuse dans le cadre de son enquête, reprit le ministre. C'est hélas ! le risque que courent ces courageux enquêteurs obligés de côtoyer des personnages peu recommandables.

— C'est aussi notre avis. Les amis qui la recherchent, qui sont-ils ?

— Un policier de Boston venu à titre privé, et une amie journaliste qui, d'après ce que j'ai compris, partagerait sa vie à San Francisco.

— Ah ?

Les deux hommes échangèrent un regard entendu.

— Elle s'est peut-être enfuie avec une danseuse de fandango, suggéra l'ambassadeur.

Le ministre acquiesça en souriant.

— Ce n'est pas impossible. Quoi qu'il en soit, de l'avis des responsables il est nécessaire que ces deux affaires ne soient pas traitées ensemble.

— C'est évident. Mon gouvernement m'a indiqué qu'il s'efforcera de faire tout ce qui est en son pouvoir pour connaître la vraie raison de la venue ici de nos ressortissants...

— Et mon gouvernement a, de son côté, l'intention de rechercher et de punir leurs assassins...

L'ambassadeur sourit en se levant.

— J'espère, mon cher, que la prochaine fois que nous nous rencontrerons ce sera un club à la main...

— Je vous le promets. Je serai ce dimanche avec quelques amis au Portehouse pour un tournoi amical, aurons-nous le plaisir de vous y voir ?

— Hélas, je crains que non. Je dois me rendre en Israël pour quelques jours.

— À votre retour, alors ?

— J'y compte bien.

Les deux hommes se serrèrent amicalement la main.

— Monsieur le ministre...

— Monsieur l'ambassadeur...

39

La cousine de Mrs Goodman habite une jolie villa dans un quartier résidentiel de Buenos Aires. Elle nous y reçoit le matin à 10 heures. Elle ressemble à une madone, elle qui est juive de mère en fille depuis les prophètes.

— Entrez, je vous en prie, invite-t-elle.

La mère de Sam nous a évidemment accompagnés, et nous nous installons tous les trois dans un petit jardin magnifiquement entretenu, serré entre les ailes de la villa, ombragé par un cèdre du Liban et dont les pelouses tondues comme une moquette sont plantées de massifs de fleurs exotiques aux formes et couleurs délirantes.

Il fait bon, et notre présence ici a quelque chose de surréaliste. Tandis qu'une jeune fille à la peau très sombre nous sert du café et des gâteaux, qu'aucun de nous ne touche, je pense à la raison de notre visite. Mrs Stolera est ma dernière chance de trouver une piste pour Nina, s'il n'est pas déjà trop tard.

La mère de Sam se lance dans une conversation privée que j'interromps sèchement.

— Mrs Goodman, pardonnez-moi, mais je voudrais que Mrs Stolera nous renseigne sur ce Markus Völner.

La cousine acquiesce en souriant et ouvre un dossier posé devant elle.

— Je comprends votre impatience, madame, me dit-elle gentiment, Sam m'a confié que vous aviez des raisons de croire que ce Völner pourrait être responsable de la disparition de votre amie. Pourriez-vous me dire pourquoi ?

Je lui explique les raisons du voyage de Nina et comment elle est arrivée en compagnie de ces deux hommes qui n'étaient pas ce qu'ils prétendaient, et à quel point je crains — et j'en suis même certaine maintenant — qu'elle n'ait été embarquée par erreur dans cette histoire.

— Les Israéliens ont été massacrés, et mon amie risque le même sort simplement parce qu'elle a été témoin des meurtres.

— Et pourquoi ce nom de Völner ? me demande Mrs Stolera.

— C'est le nom que m'a donné ce colonel des services secrets argentins. Il l'a fait à contrecœur, et j'ignore pourquoi il l'a fait.

Elle hoche la tête, pas vraiment convaincue.

— D'après les renseignements que nous avons pu recouper, il s'agirait d'un officier nazi réfugié ici, comme tant de ses semblables, depuis la fin de la guerre. Jusque-là, nous n'étions sûrs de rien, bien que Simon Wiesenthal, de l'agence de Vienne, l'ait mis sur sa liste de recherches prioritaires. Bien sûr, Völner n'est pas son vrai nom. Il s'agirait en fait d'Alfred Lenz, étudiant en médecine, qui aurait sévi à Auschwitz sous les ordres de Mengele, mais l'Argentine s'est toujours refusée à l'extrader. J'ignorais que les services spéciaux israéliens avaient décidé de l'enlever.

— Et où se trouve cette pourriture ?

— D'après nos sources, il posséderait une riche *estancia* près de Medanos, à une heure de route de Bahia Blanca, où vient d'être repéré un autre criminel de guerre, croate celui-là, que les Serbes ont réclamé en vain. Il faut savoir que la plupart des nazis réfugiés chez nous, hormis ceux, peu nombreux, qui se sont fixés dans les grandes villes, habitent cette région de la pampa.

Sam réfléchit en se mordant l'intérieur des joues. Il doit penser comme moi que nous sommes placés devant une mission impossible. Si les services secrets israéliens réputés pour leur savoir-faire se sont fait piéger, comment je vais m'y prendre, moi, pour sortir Nina des griffes de ce salopard ?

— Ça tombe très mal, reprend Maria, à mon avis les Israéliens ne pourront pas vous aider après ce qui leur est arrivé.

Ça, je le sais, ils ne me l'ont pas envoyé dire. Et c'est épouvantable de savoir qu'un assassin de cette envergure vit tranquillement à quelques heures de route de vous, d'imaginer que l'être avec qui vous partagez votre vie est peut-être entre ses mains, et que vous êtes impuissante.

J'ai côtoyé des cinglés de tous acabits ; des psychopathes, des crapules graves, mais un nazi, jamais. Mes enquêtes m'ont amenée à rencontrer des criminels que j'ai jugés immondes mais pour lesquels je n'étais pas partie prenante, excepté Latimer, qui a tué Joan. Je les ai détestés et n'ai jamais eu pour eux la moindre compassion : il a été prouvé qu'ils étaient responsables de leurs actes. Des hommes malfaisants, habités par l'envie de faire souffrir, ou pire, insensibles à cette souffrance. Des êtres méprisables que j'ai méprisés. Mais cette fois-ci, je m'oppose à un démon.

— Pensez-vous prévenir la police ? me demande la mère de Sam.

— La police ! s'exclame sa cousine, la police n'a aucun pouvoir dans cette histoire ! Le gouvernement n'a jamais voulu reconnaître qu'il existe dans le pays des réseaux nazis.

Sam se lève en soupirant et fait quelques pas, les mains enfoncées dans les poches arrière de son pantalon. Je crains qu'il ne me dise de laisser tomber. Je le crains parce que cela marquerait la fin de notre amitié.

— Êtes-vous certaine que c'est ce Völner qui a tué les agents du Mossad et enlevé votre amie ? insiste Maria. Vous ne craignez pas que ce type que vous appelez le Colonel, Diego Camberra, je crois, qui a été dans tous les mauvais coups, se serve de vous pour se débarrasser d'un personnage encombrant ?

— Si c'était ça, j'aurais de toute façon beaucoup de plaisir à lui rendre ce service.

On tourne en rond. On encule les mouches. Sam continue de déambuler en silence. Sa mère relève la tête vers lui.

— Il ne va pas s'en mêler ! crie-t-elle soudain en se dressant et en se plantant devant moi d'une manière agressive. Si vous êtes sûre que ce type a enlevé votre amie, le plus simple est de prévenir les autorités ! Vous n'irez pas seuls dans son repaire pour la délivrer, ça n'a pas de sens ! Vous êtes tous fous ! Deux hommes, des professionnels, spécialement entraînés pour ça, se sont fait tuer sans rien pouvoir faire, Israël est impuissant, et vous, une journaliste, vous croyez être capable d'y arriver ? Mais vous êtes folle ! Et encore plus de vouloir y entraîner mon fils !

Nous y voilà. La mère ourse a parlé. Pas touche au fiston !

Je me lève et réponds sèchement :

— Je n'ai pas dit que je voulais qu'il m'accompagne.

Ignorant délibérément la mère de Sam, je demande à Maria :

— Vous savez où on peut exactement le trouver, ce Völner ?

— Une seconde, Sandra, pas d'emballement. On réfléchit d'abord, OK ? intervient Sam. Nous ne pouvons rien faire seuls, rien. Vous comme moi n'avons jamais eu affaire à ce genre d'individus. Ils ont un tas de types avec eux. C'est comme si vous vouliez attaquer le cartel de Medellín avec une fronde. Ils sont protégés, physiquement et politiquement. Notre seul moyen, c'est de négocier.

— Pour négocier, il faut parler. Pour parler, il faut se rencontrer, d'accord ? C'est vrai, je n'ai jamais fait ça. Mais je n'ai jamais non plus hésité à prendre des risques. Pour rien, pour mon métier, parce que je suis reporter. Et vous voudriez que cette fois je me dégonfle, et ne tente pas tout pour sauver la femme que j'aime ?

— Je n'ai pas dit ça. On doit réfléchir, c'est tout.

— Sam ! lance sa mère.

Il se tourne vers elle.

— Maman, je t'en prie. Je ne tolérerai aucune remarque. Il y a une vie à sauver, la vie d'une amie qui m'est chère, et l'assassin de tant des nôtres à arrêter, alors tu te tais.

C'est sûrement la première fois que Sam parle à sa mère sur ce ton. À un autre moment, j'aurais pu apprécier. À un autre moment...

— Son ranch se trouve près de la nationale 35, qui va sur Santa Rosa. À l'intersection de la 154. Vous ne pourrez pas le rater. C'est une très importante *estancia*. (Maria me tend un papier sur lequel elle a noté les indications.) Je voudrais pouvoir vous accompagner, Sandra, me dit-elle gravement, et abattre moi-même cet assassin. Sauvez votre amie si elle est encore en vie, et ne vous préoccupez pas du reste. La guerre est finie depuis longtemps, il mourra bientôt.

— Merci.

Je prends le papier en tremblant de la tête aux

pieds. La conscience de ma faiblesse est insupportable. Je n'y arriverai pas. Je le sais. Je le sens. J'ai perdu Nina et je suis si lâche que je ne veux pas le reconnaître.

40

Ils étaient assis dans le grand salon. Cinq hommes plus Völner.

Maurizio faisait le service, tandis qu'Ulrich et un des deux Croates, à l'écart, le surveillaient. C'est Hans qui était venu la chercher. Il s'était montré poli et même gêné.

— Monsieur Völner vous attend en bas.

Elle s'y était préparée toute la journée — ce n'était pas facile : sa nature la disposait davantage à l'action qu'à la méditation. Elle s'y était préparée, mais elle n'était pas prête. Elle regarda Hans.

— Pourquoi veut-il que je descende ?

Il haussa les épaules.

— Il veut vous présenter à ses amis.

Il avait dit ça comme si une pomme de terre lui brûlait la bouche.

— Qu'est-ce qu'il demande aux femmes dans ce cas-là ?

— Mais rien, je ne sais pas !

Classique. Hans s'était énervé. C'est toujours comme ça quand un lâche prend conscience de sa lâcheté.

— Et si je refuse ?

Il avait soupiré.

— Si vous refusez, je vous assomme et je vous descends quand même. Allons, si ça se trouve il ne se passera rien. Völner est un drôle d'outil, croyez-moi, c'est pas quand on s'y attend que c'est le pire.

— Hans... vous n'en avez pas marre de cette vie ?

À ce moment, le téléphone intérieur avait sonné. C'était le maître des lieux qui s'étonnait du temps mis pour venir.

— Il faut y aller, s'était décidé Hans.

Il l'avait regardée d'une drôle de façon. Avec un mélange d'inquiétude et de... gentillesse.

— Vous savez, avait-il dit en ouvrant la porte et en la poussant doucement devant lui, le plus important c'est de rester en vie.

Elle n'avait pas répondu.

— Entrez, ma chère, entrez.

Völner se leva et vint à sa rencontre. Il lui prit la main et se tourna vers les hommes assis sur les canapés qui n'avaient pas bronché d'un cil.

— Laissez-moi vous présenter une amie, une très chère amie, universitaire de grand renom qui nous fait l'amitié de venir nous rendre visite... une femme exceptionnelle, n'est-ce pas ?

La brochette endimanchée n'émit pas le moindre commentaire. Celui assis au milieu, très brun, très sombre, très mince et très antipathique, lâcha :

— C'est ça, votre surprise ?

Völner parut décontenancé et se tourna vers Nina comme pour s'excuser.

— Ma chère, ne faites pas attention à ce que pourra dire notre ami Diego, il le fait exprès pour me taquiner. (Il sourit au Colombien.) Maria-Ana avait très envie de rencontrer des hommes importants et je sais, mon cher Diego, combien vous êtes sensible au charme des jolies femmes.

Soudain, le dénommé Diego se mit à parler rapidement à Nina en espagnol.

— Qu'est-ce que tu fais ici ? Tu es trop vieille

pour moi, qu'est-ce que tu espérais ? Qu'est-ce que tu lui as raconté à ce vieux vicelard ? Tu fais des trucs spéciaux ? alors quoi ? Je n'aime que les vierges, celles à petit trou. Je n'aime pas ton regard.

Völner élargit son sourire. Ce primate de Colombien réagissait exactement comme il l'avait pensé. Il savait pertinemment que Diego ne s'intéressait qu'aux filles à peine nubiles. Quand ses *peones* qui cultivaient l'héroïne dans ses champs le voyaient arriver entouré de ses hommes de main dans leurs grosses Rangers, leur premier réflexe était de cacher leurs filles les plus jeunes.

Dans son genre, Diego était un monstre. Un monstre de vanité. Petit tueur à trois sous, il s'était vu propulsé par un contrat réussi aux côtés du roi de la cocaïne de l'époque. Il n'y était pas resté longtemps. Il l'avait massacré à la hache, dans sa baignoire, et pour faire bonne mesure avait décapité la fille qui lui tenait compagnie. Il avait ensuite envoyé leurs têtes à un autre cador de la poudre qui leur faisait de l'ombre à Bogota. Fin de l'épisode et début de l'irrésistible ascension dans le monde du crime de Diego Arroyos.

Il se rapprocha de Nina et planta son regard dans le sien. Elle retint sa respiration. Diego sentait le fromage, et ses yeux étaient vides. Völner tira Nina contre lui.

— Allons, mon cher, dînons d'abord, chaque plaisir en son temps. Mon chef nous a préparé un repas dont vous me donnerez des nouvelles.

Personne ne releva les propos ni même ne parut les entendre. Nina tordit sa bouche et cracha à Diego :

— Tu es un récipient à merde, ta bite remplirait pas un trou de serrure, tu chies par ta bouche et tu penses avec ton trou du cul ! Ta mère t'a conçu en faisant une pipe à un nègre !

Les hommes de Diego se dressèrent comme un seul

homme. Völner n'avait pas compris, tant Nina avait parlé vite, mais à voir le visage du tueur colombien se transformer, il avait saisi l'essentiel. Il repoussa brutalement Nina et se planta devant le gangster.

— Je ne sais pas ce qui s'est passé entre vous et mon amie, mais nous devrons remettre les explications à plus tard. Vous êtes chez moi, Diego, je suis le maître de maison et je décide de ce qui s'y passe, d'accord ?

Hans s'était rapproché et se tenait à côté de Nina dont les yeux étincelaient.

Elle avait délibérément provoqué le tueur pour en finir au plus vite. Ce qu'elle pressentait lui était insoutenable. Non, l'essentiel n'était pas de vivre, Hans avait tort. L'essentiel était de ne pas souffrir.

Elle souhaitait de toutes ses forces lui faire perdre son sang-froid pour qu'il l'abatte d'une balle dans la tête. Elle savait ce que Völner espérait d'elle, mais elle se tuerait avant.

— Vous nous attendrez dans votre chambre ! lui cria-t-il. C'est moi qui décide de votre sort !

Elle se tourna et lui cracha au visage. Il parut stupéfait, et on entendit... un rire. C'était celui de Diego. Il se tordait en montrant du doigt la salive qui coulait sur la joue de Völner. Ses hommes, après un instant de flottement, se joignirent à lui, et Völner, d'abord abasourdi, rit aussi ; seuls restèrent sérieux ses porte-flingues, qui ne savaient quel parti prendre.

Sans un regard pour quiconque, Nina se dirigea vers les portes. Avant de sortir, elle se retourna :

— Le premier qui franchit la porte de ma chambre, je le tue.

Ils s'arrêtèrent de rire, se regardèrent, et reprirent de plus belle.

41

Je repose le téléphone. Je viens de parler à Mafalda. Je lui ai dit que je partais avec mon ami chercher Nina. Elle m'a recommandé d'être prudente, mais ne m'a pas proposé l'aide que j'espérais. Peut-être n'en dispose-t-elle pas. Ou peut-être la garde-t-elle pour eux.

Et pourquoi la vie de Nina serait-elle plus importante que la leur qu'ils gâchent à rechercher des enfants qui les ont oubliés ou qui ne les connaissent même pas ? À quel moment finit le travail de deuil, s'il finit jamais ? Quand on peut se recueillir sur les tombes, m'a dit Mafalda. Quand on sait où reposent nos morts.

Elle m'a annoncé que pour la première fois depuis vingt ans, Carlos a un vrai espoir d'apprendre où sont les jumeaux de sa fille. « Il est temps, le pauvre vieux est à bout. » J'ai acquiescé. Tous ces gens qui se cherchent de par le monde ne tiennent bien souvent que par l'espérance de se trouver.

« Si ce type est vraiment ce que vous dites, méfiez-vous, il cherchera à vous tromper », a-t-elle ajouté en me faisant promettre de lui donner des nouvelles avant de repartir.

La mère de Sam a décidé d'habiter chez sa cousine en attendant son retour. J'espère que les sorts qu'elle me lance avec les yeux sont inefficaces ou je risque de ne pas atteindre le coin de la rue. Bon, mais je peux la comprendre.

Je descends dans le hall où Sam est en discussion avec le portier qui a été chargé de nous louer une voiture. Le type lui donne les papiers et à l'évidence un tas d'explications. Je les rejoins.

— On a une Mercedes, me dit Sam. Vous êtes prête ?

— Oui. Où est votre mère ?

— Chez Maria.

— Comment ça s'est passé ?

Il hausse les épaules.

— À mon avis, elle n'évoquera plus mon mariage avec vous.

— Mrs Khan ? interroge le portier.

— Oui.

— On est venu apporter un paquet. Je l'ai donné à la réception.

— Un paquet ?

Je vais trouver le réceptionniste qui est en train de se battre avec une troupe d'Italiens excités.

— Excusez-moi, je suis Sandra Khan, on a apporté un paquet pour moi.

— *Si señora, momento*.

Il en termine avec sa horde et me tend une boîte en carton fort soigneusement ficelée.

— Qui l'a apportée ?

— Je ne sais pas, c'est le portier qui me l'a donnée.

Elle est lourde, et je vais poser la même question au portier.

— Un jeune homme.

— Un jeune homme comment ?

Il hausse les épaules.

— Un jeune homme.

— Qu'est-ce que c'est ? demande Sam qui arrive au volant de la voiture.

— Je sais pas.
— Ouvrez.
— Dans la voiture, allons-y.
— C'est pas une bombe ? s'inquiète Sam en démarrant.
— C'est pas une bombe.

Il se range un peu plus loin contre le trottoir et je déballe deux pistolets et plusieurs chargeurs.

— Nom d'un chien ! siffle Sam en jetant un coup d'œil autour de lui. Qu'est-ce que c'est que ça ?
— Le Père Noël.

Il les prend et les examine soigneusement.

— Un semi-automatique Lüger, modèle Sig, dit-il et un... un... semi-automatique Sauer.38 avec réducteur de son. Mais bon dieu, d'où ça vient ?
— On a des amis qu'on ne soupçonnait pas, dis-je.

Il se tourne vers moi.

— Vous savez vous en servir ? Et vous en avez l'intention ?
— Affirmatif dans les deux cas.

Il me fixe, les yeux exorbités.

— Sandra, me dit-il en me serrant fortement le bras, on ne peut pas débarquer pistolet au poing chez quelqu'un dont on n'est même pas sûr qu'il s'agisse de la bonne personne. Il est protégé par le gouvernement d'ici. On ne pourra rien faire de légal non plus.
— Vous pensiez pousser la porte avec une bonne bouteille ?
— Sandra, on fait une connerie !
— Débarquez, dis-je en le poussant, allez, dehors ! je garde la voiture.

Si on nous observe à travers les vitres, on doit penser à une scène de ménage. Grave, à cause des deux flingues rangés dans la boîte.

— Arrêtez ! Bon sang, arrêtez ! gueule Sam qui se

retient visiblement de me balancer une beigne. Vous voulez qu'on se fasse repérer ou quoi !

— Ça vous arrangerait. Qu'est-ce qui vous prend, monsieur le héros en armure, ça vous gêne de descendre un petit copain de Mengele ? Nina n'en vaut pas la peine ?

— Vous déconnez !

Il ouvre la portière et sort en trombe. Mais il reste appuyé au toit. Je me glisse à la place du chauffeur.

— Ou vous montez ou je me tire. Choisissez.

De loin, je vois le flic tout beau, tout blanc, qui régule la circulation, nous examiner avec intérêt. Si ce branquignol s'amène, j'ai intérêt à planquer l'arsenal.

— Alors, vous vous décidez ? On a du public.

Il réfléchit encore, veut monter, s'aperçoit que j'ai pris sa place, fait le tour et s'assoit à la mienne. Il est vert olive.

— *Andiamos*, dis-je en démarrant.

Heureusement, sortir de Buenos Aires quand on ne connaît pas la ville exige du candidat la détermination et le courage d'un finaliste olympique. Je me bats avec tout ce qui roule et qui marche, bien que j'en oublie pourquoi je le fais et où je vais.

Sam, cramponné à la poignée, freine des deux pieds quand voitures et camions nous prennent pour cibles.

— Ils sont complètement cinglés, je l'entends marmonner, complètement barjots !

— Détendez-vous, on s'en sort.

Je trouve la N5 au moment où j'allais renoncer. Les quelques kilomètres d'après sont encore pénibles, mais bientôt j'arrive à distancer tout éventuel poursuivant. Sam, la carte sur les genoux, me guide au travers d'un entrelacs de routes sans numéros qui ne figurent pas sur la carte, mais celles qui y figurent n'existent pas.

— Nom d'un chien, dis-je, on ne va pas y arriver !

Je me demande qui dans ce pays peut conduire seul, je veux dire sans un navigateur à ses côtés. Je me félicite d'avoir changé de place. On met presque quatre heures pour arriver à l'intersection de la 5 et de la 35.

— Nous sommes dans la pampa sèche, dit Sam.

— Ah bon, et jusque-là c'était quoi ?

— Nous roulions dans la pampa humide.

— Différence ?

— Quatorze degrés en moyenne sur l'année.

À part les indications indispensables à la route, il n'a pas dit un mot. Il a fixé le bitume, les mâchoires crispées.

— Où est la 154 ?

— Là, indique Sam en pointant l'index. Vingt kilomètres. De l'autre côté de la chaîne de monts, Colonia Bismark. Derrière nous, Bahia Blanca. Au sud, Medanos.

Depuis qu'on a quitté un patelin appelé Pringles où tous semblaient se rendre, nous sommes quasiment seuls sur la route. Autour de nous, la pampa. Rien de nouveau. Une demi-heure après s'être échappé des tentacules de Buenos Aires, on roulait déjà au milieu d'un océan d'herbe. On n'en est plus sorti, excepté en traversant des villages qui auraient plu à Buñuel et ses Olvidados, plantés sans raison au milieu de plaines infinies où d'énormes troupeaux de cornus, qui eux auraient été du goût de John Wayne, déambulaient guidés par des gauchos. Ce sont les premiers que je vois, les gauchos. J'ai l'impression d'avoir basculé dans un autre temps, un autre monde.

Venant à notre rencontre, une camionnette arrive dans un nuage de poussière. Elle s'arrête à notre hauteur et une tête se penche à la portière.

— *Buenos dias*.

Je réponds :

— *Buenos dias*. Nous sommes un peu perdus, vous pouvez me dire où nous sommes ?

— Vous allez où ?

— Oh, par là, fis-je avec un geste négligent de la main, on se promène.

Il regarde Sam et je l'entends penser que c'est bien d'un gringo américain de laisser une nana conduire.

— Ici, dit-il en étendant le bras et en faisant un cercle de 180°, et tout autour, ce sont les terres du señor Völner, mon patron.

Une moustache épaisse comme un balai encadre son chaud sourire. Mais je sens passer dans la voiture un sacré courant d'air froid.

Elle n'a pas dormi. Pas une minute. Elle a entendu les gauchos faire la fête dans leur partie réservée. Ils ont joué du bandonéon et ont dansé avec les domestiques. Ils chantaient et riaient. Ils étaient saouls pour la plupart mais ces bruits tellement humains la rassuraient.

Vers minuit, des voitures sont arrivées et ont débarqué des femmes qui parlaient haut et fort. Maurizio est venu à leur rencontre et les a fait entrer. Elle est restée pétrifiée dans son fauteuil, plongée dans le noir, les yeux rivés sur la porte, l'oreille tendue vers l'escalier. Elle a reconnu la voix de Völner qui les a accueillies, et les a emmenées dans une autre aile de la maison. Elle n'a plus rien entendu jusqu'à ce qu'elles repartent, suivies peu après par les Colombiens.

Il était 5 heures et l'aube blanchissait déjà le ciel noir. Elle s'est enfin assoupie.

43

— Ils sont arrivés, dit l'homme.
— Où sont-ils ? demanda Völner.
— À Medanos, à l'hôtel *Libertador*.
— Bien.

L'homme salua et sortit. Il s'appelait Ravjic Treju, était croate, et cousin plus que germain de son compatriote prénommé Anton, puisque leurs pères étaient jumeaux.

Ces derniers étaient arrivés avec femmes et enfants en janvier 46, dans les fourgons de l'armée oustachie. Durant la guerre, ils y avaient obtenu le grade de sergent dans le camp d'extermination que commandait un troisième Croate, celui-là même qui, depuis quarante ans, vivait à Bahia Blanca, et y avait monté une entreprise prospère de travaux publics.

De taille et de corpulence moyennes, les cheveux raides et noirs lissés en arrière, les cousins avaient tous deux les yeux bruns tombants et le menton prognathe. Ils habitaient ensemble depuis la mort de leurs parents dans une maison que leur avait donnée Völner. À tour de rôle, ils faisaient les repas et le ménage, ne voulant confier à personne le soin de s'en occuper. Ils étaient maniaques. Völner les appréciait parce qu'ils ne discutaient jamais, se contentant de bien faire ce qu'il leur demandait. Völner était certain de pouvoir compter sur eux en toute occasion ; ce dont il n'était pas du tout sûr pour les autres.

Il se laissa tomber dans un fauteuil et ses pensées dérivèrent vers la femme enfermée dans sa chambre. Pourquoi avait-il refusé aux Colombiens qu'elle descende rejoindre celles qui étaient venues les distraire ? Il n'en savait rien, mais il ne le regrettait pas. La nuit avait été très chaude. Les filles — en réalité quatre travelos et trois femmes — avaient bien travaillé. Il les avait déjà utilisées plusieurs fois. Elles appartenaient à un club queer, sadomaso.

Dans le salon réservé aux rencontres, elles en avaient donné pour l'argent qu'elles lui avaient coûté. Mais ses affaires avec Diego étaient florissantes. Le Colombien avait grand besoin de lui et de ses réseaux de blanchiment d'argent sale. Ce n'était pas demain la veille que ce métèque irait voir ailleurs.

Diego lui plaisait parce qu'il en avait un peu peur. Plus exactement il s'en persuadait. Ça pimentait leurs relations. Toutefois, le trafiquant était aussi cinglé qu'imprévisible. Il était aussi cruel que les hommes qui l'accompagnaient étaient stupides. Aucun raffinement. Aucune recherche. Le ba-ba du sadisme. Le degré zéro de l'imagination. En plus, toujours pressés. Les filles n'avaient pas commencé qu'ils s'envoyaient déjà en l'air à grand renfort de cris et de rires. Il n'avait pas demandé à Hans et Ulrich de participer parce que ces imbéciles de Colombiens détestaient les pédés. En public.

Non, ce n'était pas en leur compagnie qu'il aimerait passer de longues soirées. D'ailleurs, confortablement installé dans une bergère, il s'était vite ennuyé. Le fait d'observer clandestinement les ébats de ses invités avait le double avantage du plaisir et de l'utilité. Oubliant, ou pour la plupart ne se sachant pas regardés ni écoutés, ils lui avaient souvent livré des choses intéressantes sur eux.

Il repensa à Nina. Elle, c'était une vraie. Si elle le frappait, ce n'était pas par jeu. Ainsi, ses amis l'avaient retrouvée. Bien, bien, bien... C'était le signal, il allait devoir changer certaines choses dans sa vie. Comment étaient-ils remontés jusqu'à lui ? Mystère qu'il faudrait éclaircir. Mais d'ores et déjà il devrait prévenir les autres qu'un fâcheux grain de sable s'était glissé dans l'organisation. Un grain de sable à évacuer absolument. Les Juifs n'étaient jamais arrivés si près de lui que cette fois-ci. Et ils recommenceraient. Intéressant en fin de compte. D'autant que jusque-là il avait gagné.

Il était partagé entre l'ennui de devoir agir et bouleverser son confort et ses habitudes, et l'excitation de l'action. Ils formaient une sacrée bonne communauté, ses compatriotes et lui. Même leurs enfants nés dans le pays prenaient fait pour la cause. Un Allemand reste un Allemand, quel que soit l'endroit où il est obligé de vivre.

Comment allait-il procéder à l'encontre de ces deux Américains ? Leur naïveté le confondait. C'était vraiment de grands enfants. Une femme et un homme. Ça pouvait être drôle. Il appela Hans.

— Écoute, deux Américains sont arrivés à Medanos, un couple. Ils sont là pour la jeune femme du haut, indiqua-t-il en désignant le plafond, je les veux sous surveillance constante. D'accord ?

— D'accord, monsieur.

44

Nous nous sommes installés à Medanos. C'est une ville bruyante et poussiéreuse, moderne et archaïque comme le reste du pays, et nous espérons ne pas nous y faire repérer avant d'être prêts à agir. Agir de quelle façon, nous n'en savons rien. On en a discuté Sam et moi sans trouver de plan valable. Seul point d'accord : s'assurer que Nina se trouve bien chez cette ordure de nazi.

On a pris des chambres au *Libertador*, dans la rue principale qui coupe Medanos en deux comme un couteau propre dans un fromage fermenté. Autour de cette Main Street, Juan Manuel Fangio, dans un nœud de ruelles défoncées et malodorantes, des gosses et des chiens errants pataugent dans des caniveaux où coule une eau rare et noirâtre.

Le *Libertador* est typique des hôtels provinciaux d'Amérique du Sud. Dans l'immense salle où pendent du plafond d'énormes ventilateurs qui aujourd'hui sont arrêtés parce que c'est l'hiver — même s'il fait 25 °C —, trône un comptoir d'une quinzaine de mètres de long où s'agglutine une armée de poivrots bruyants.

On a déposé nos affaires dans nos chambres aux murs peints en vert — comme tout le reste — qui donne le cafard, mais de toute façon rien ni personne ne pourrait me le faire passer. À quelques kilomètres d'ici se trouve peut-être Nina. Dans quel état, qu'a-t-elle déjà subi ? Est-elle toujours vivante ou son cadavre se décompose-t-il dans une décharge publique ? D'après ce que j'ai appris, ce sont les cimetières préférés des tueurs de ce pays.

Et si elle est encore en vie, comment la tirer des griffes d'un assassin qui vient de torturer à mort deux hommes pour le plaisir ? '

Et si par miracle nous parvenions à la sauver, il faudra encore se sortir de ce piège à cons qu'est cette pampa où une mouche est aussi visible qu'une verrue sur le nez. Cette plaine semble formée de deux horizons plats superposés qui sont la seule limite à la vue.

La cousine nous a prévenus. Ce coin d'Argentine où s'est installée la quasi-totalité de la colonie allemande est sous leur coupe réglée. Le gouvernement de Buenos Aires qui tire de solides bénéfices du dynamisme de leurs entreprises ne se mêle guère de ce qui s'y passe. On sait les Allemands disciplinés et prêts à faire eux-mêmes la police.

À cette évocation de la police, je frappe à la porte de Sam.

— Sam, je vais trouver les autorités légales, vous m'accompagnez ?

— D'accord, je descends.

En lui faisant cette proposition, j'étais sûre de gagner. Sam est avant tout un légaliste, et pourtant il a pu dans le temps ne pas m'arrêter même s'il me savait coupable ! Et combien en a-t-il laissé filer depuis qui lui ont semblé davantage victimes que bourreaux ? Pourquoi a-t-il choisi d'être flic et nécessairement répressif ? Son raisonnement, et sûrement sans qu'il s'en rende compte, le portait davantage vers l'interrogation talmudique, ses paradoxes et son absence de syllogisme qui s'ouvrent sur un faisceau de réponses, que sur les rigides articles de la Loi. Quoique, dans le cas présent, j'imagine que ces doutes n'existent pas et qu'il n'hésiterait pas à faire justice lui-même.

On se rejoint dans la salle du café où, derrière le comptoir long comme un paquebot, et bien qu'il n'y ait pas foule, trois barmen s'agitent. Je demande à l'un d'eux l'adresse de la *Policia Civile* qu'il m'indique d'un geste las accompagné de vagues explications. Bon, on se débrouillera.

La Juan Manuel Fangio est longue et les flics brillent par leur absence. Je vais donc vers un chauffeur de taxi et lui demande de nous conduire à la préfecture de la province. Il hoche la tête, rigole, et me désigne un bâtiment de l'autre côté de la rue.

— Là ?

Il rigole encore. Bon, on y va.

45

Deux flics, la Kalach' au travers de la poitrine, chargeur enfoncé, gardent l'entrée qui donne sur une grande cour où s'alignent en U des bâtiments hideux en béton brut. On demande le chef de la *Policia* au concierge. Lui, nous demande nos passeports qu'il garde après nous avoir indiqué le bâtiment et le numéro du bureau. On traverse la cour où des flics nous dévisagent avec une curiosité hostile. Devant certaines portes s'alignent des files d'attente surveillées par des policiers avec des sales gueules, et personne ne moufte.

On pénètre dans un bâtiment où un flicard laconique nous indique le bureau du grand chef. Je frappe, et pousse la porte après avoir attendu l'autorisation d'entrer lancée dans un aboiement. Nous entrons dans une grande pièce sombre mais fraîche, peinte... en vert — ça doit faire partie de la culture nationale. Un classeur métallique, un grand ventilateur dont les pales tournent mollement et qui ressemble à une araignée accrochée au plafond et le buste de Carlos Menem posé sur une colonne composent l'ameublement. Et derrière un bureau de style espagnol, noir, lourd, encombrant, est assis, raide, le chef de la police qui nous regarde arriver.

Il est en chemise, et ses dessous de bras sont trempés bien qu'il ne fasse pas spécialement chaud.

Ce doit être un nerveux. Il a une tête en forme de pain de sucre avec l'inévitable balai de poils sous le nez. Il est aussi avenant que le serpent à sonnette sur lequel vous marchez par inadvertance.

— Bonjour, dis-je, merci de nous recevoir si vite. Je m'appelle Sandra Khan, je suis américaine, et voici mon ami Samuel Goodman, lieutenant de police à Boston aux États-Unis. Nous sommes là pour une affaire grave, commandant.

Le commandant en question doit être aussi sourd que le fameux crotale, car ses yeux restent en berne et le reste aussi.

— Nous sommes à la recherche d'une de nos amies envoyée par le Tribunal international de La Haye pour effectuer une enquête et qui, d'après nos renseignements, aurait été enlevée par un de vos administrés. Nous venons vous demander de l'aide.

« Parle à mon cul, ma tête est malade », me répond le regard militaire.

À côté de moi, Sam n'a pas ouvert la bouche. Il se balance sur ses talons, les mains dans les poches de son pantalon, très Philip Marlowe.

Je poursuis :

— L'information nous a été donnée à Buenos Aires par un officiel. Et notre amie qui appartient à un organisme international doit être retrouvée avant que la situation devienne... irréversible.

La moustache a bronché et l'homme-tronc s'est penché vers nous. Ses petites mains potelées s'étreignent sur le sous-main.

— Je ne comprends rien à votre histoire, grommelle-t-il.

Sam lui explique alors qu'un des éleveurs de la région, Markus Völner, est soupçonné d'avoir tué deux hommes et enlevé cette amie qui se trouvait avec eux, et que nous craignons pour sa vie.

Le chef-flic se renverse en arrière et nous examine

comme deux échappés de l'asile. C'est du moins l'impression qu'il donne.

— Markus Völner ? marmonne-t-il (J'acquiesce.) MONSIEUR Markus Völner, estimable éleveur et généreux donateur de nombreuses œuvres de bienfaisance, nous parlons bien du même ? (Sam et moi approuvons.) Monsieur Völner, dont l'exploitation fait vivre au bas mot une centaine de personnes, se SERAIT rendu coupable de deux assassinats et RETIENDRAIT prisonnière une envoyée du Tribunal de La Haye ?

Évidemment, vue comme ça notre histoire peut paraître farfelue. Si l'on admet que le chef de la police ignore tout du passé du bienfaiteur régional.

— Markus Völner, commandant, est un ex-nazi qui s'est réfugié dans votre pays après la guerre. Il est recherché par divers pays où il a sévi afin d'être jugé pour crimes contre l'Humanité. Il n'est pas l'homme que vous croyez. Il est connu des services spéciaux argentins, c'est d'ailleurs eux qui nous ont donné son nom.

Il fait alors un drôle de bruit avec sa bouche. Comme s'il pouffait, mais comme sa moustache fait écran, ça ressemble à un pet foireux. Il se renverse dans son fauteuil, examine le plafond, et reproduit le même bruit. Quand il porte de nouveau son regard sur nous, il est littéralement hilare.

— Vous êtes descendus où ? demande-t-il, la bouille fendue.

— L'hôtel ? Le *Libertador*.

— Bien.

Il s'appuie des deux mains sur son bureau, soulève sa pesante carcasse et vient vers nous. Il regarde Sam sous le nez.

— Vous savez ce que vous allez faire ? Aller chercher vos affaires et quitter la région dans l'heure. Des cinglés de votre acabit, on en a toujours trop.

— Parce que vous ne nous croyez pas ? rétorque Sam qui se recule pour éviter son haleine.

— Si. Si, si... comment vous avez dit qu'il s'appelait ? Adolf Hitler ? Et moi je suis qui, Goering ? Et vous ? Churchill ? Ah non, Eisenhower. C'est ça. Ou Patton, peut-être...

— Commandant...

Il vire vers moi sans rigoler cette fois.

— Une heure, martèle-t-il, une heure pour quitter ma pampa et ne jamais y revenir. Compris ?

— Vous avez tort, commence Sam.

— Ta gueule !

En l'espace d'une seconde l'atmosphère s'est transformée. Le placide chef de la police est devenu un de ces tyranneaux dont ces pays avides d'autorité semblent être le creuset. Je me dis qu'il a tout à fait l'âge d'avoir participé à la dictature de Videla. Peut-être même était-il un des bourreaux. Je tente :

— Vous n'essayez même pas de vous renseigner ?

Sa main remonte lentement vers l'étui de revolver qu'il porte sur la hanche droite et se pose sur la crosse de son arme. Sam et moi avons suivi des yeux le mouvement du bras. On n'a pas besoin d'autre explication.

— Une heure, répète-t-il, quand on ouvre la porte.

Après avoir dégringolé l'escalier et repris nos passeports au passage, nous nous retrouvons dans la cour. Les files d'attente n'ont pas diminué, et comme c'est l'heure de déjeuner des paniers s'exhibent et les gens s'installent par terre pour casser la croûte. On sort puis on traverse la rue pour regagner notre hôtel.

Alors qu'on monte vers nos chambres, je demande :

— Qu'est-ce qu'on fait ?

— On change d'endroit. On est trop en vue. Il ne peut pas nous obliger à partir, mais il peut nous emmerder. On va se prendre des chambres dans un hôtel excentré et probablement moins confortable. Je vais téléphoner à notre ambassade. Préparez vos affaires, on file.

46

Un quart d'heure après, on est dans la voiture et on prend la direction des faubourgs de Medanos, côté est. On s'arrête devant la première baraque qui propose des chambres sur un carton écrit à la main.

— Allez voir, dit Sam, mais de toute façon, ne vous montrez pas difficile.

Je n'en ai pas l'intention, mais quand je pousse la porte de la première chambre, je comprends que je dormirai dans la voiture. Pas question de m'allonger, même dans un sac-poubelle, sur ce pucier. Sur le mur, au-dessus du lit, une scolopendre grande comme ma main prend des bains de soleil, et le long des murs cavalent des insectes variés mais qui ont pour point commun d'être noirs, pleins de pattes et pour tout dire répugnants. Quant à la « douche », c'est un bac en métal rouillé posé à même le lino de la chambre avec un broc dans le même état.

Je redescends et dis au tôlier, qui a tout du crétin goitreux, que nous ne désirons pas rester. Je ne sais même pas s'il m'entend.

— On ne peut pas y dormir, dis-je à Sam en regagnant la voiture.

— Bon dieu, vous espériez quoi, le *Hilton*? explose-t-il.

Je le regarde et je me rends compte qu'il est à bout de nerfs. Il est cadavérique et des cernes noirs sous les yeux lui mangent la moitié du visage. J'ignore quelle est mon allure mais ce ne doit pas être mieux. Nous savons tous les deux que nous sommes dans une nasse. Seuls, en milieu hostile, sans pouvoir espérer aucune aide, avec la perspective de devoir affronter ce que nous haïssons le plus au monde, un nazi.

Je me souviens m'être souvent dit étant jeune combien j'aurais aimé participer à leur chasse et leur rendre le mal qu'ils avaient fait aux miens. À présent, avec l'éventualité d'en combattre un pour sauver la personne la plus importante de ma vie, je me sens faible comme un enfant.

— Nous retournons au *Libertador*, dit soudain Sam en embrayant. Et on ne nous en chassera pas.

Völner tourna avec satisfaction autour de la cage posée sur une sorte de podium au milieu du salon qui la surélevait de presque un mètre. Elle-même mesurait à peu près un mètre quarante de haut sur pas tout à fait un mètre de large et autant de long.

— Qu'est-ce que vous en pensez ? demanda-t-il en souriant à Hans qui se tenait un peu à l'écart.

Hans n'en pensait rien et ne voulait surtout rien en penser. Quand il l'avait apportée avec Maurizio il avait trouvé qu'elle puait, non seulement le fauve qu'elle avait enfermé, mais sa désespérance. Elle venait d'un cirque qui l'avait vendue à Völner quand son occupant habituel, un puma de la Sierra, était mort.

— Vous croyez qu'elle lui plaira ? ricana l'Allemand.

Hans ne répondit pas. Il trouvait Völner de plus en plus cinglé. Ce qu'il avait fait aux Israéliens était épouvantable.

— C'est un sadique, avait-il dit à Ulrich. Un dingue. Faut se tirer d'ici avant qu'il soit trop tard.

— Et comment on fera ? avait rétorqué son amant. Tu veux partir comment ? Il a des yeux et des oreilles partout. On fera pas dix kilomètres sans se faire poisser.

— On part de nuit.

Ulrich l'avait dissuadé de tenter quoi que ce soit en ce moment. Compte tenu de ce qui venait de se passer, toute la colonie allemande était en alerte.

— Faut patienter, on trouvera bien une ouverture.

— Vous voulez vous en servir pour qui ? demanda Hans qui savait à quoi s'en tenir.

— Mais... pour la cocotte là-haut, rit Völner en désignant le plafond. (Il se tourna vers Maurizio, qui, le visage fermé, ne disait rien.) Une tigresse en cage, quoi de plus normal ? Hein, Maurizio ? C'est comme ça que vous matez vos femmes, vous les machos ?

— Je ne crois pas que ce soit une bonne idée, avança Hans.

— Ah, non ? (Völner se tourna brutalement vers lui.) Qu'est-ce que tu en sais, toi, la *tortilla* ?

Hans serra les poings. Par moments, sa haine pour son patron l'étouffait.

— Pourquoi vous la mettriez là-dedans ? demanda Maurizio.

— Pourquoi ? Mais pour la transporter ! C'est bien ce qui est le plus pratique pour voyager, dit Völner.

— Pour la transporter où ? demanda Maurizio.

— Chez moi, à Neuquen.

— En Patagonie ?

— Mais oui. L'air devient chaud ici, alors je vais la mettre au frais !

— Qu'est-ce que vous voulez en faire ? demanda Maurizio qui, aussitôt, regretta ses paroles.

Une ombre passa dans le regard de l'Allemand. Ses mâchoires se crispèrent et il pointa le menton vers le factotum.

— Qu'est-ce que t'as dit ?

Maurizio se dandina sur ses pieds.

— Excusez-moi, murmura-t-il.

Le silence qui suivit s'éternisa, et Völner se rapprocha de la cage. Il resta près des barreaux comme s'il écoutait quelque chose, et soudain les cingla violemment de son *rebenque*.

— Nous allons partir dans les jours qui viennent, dit-il soudain. Et les Américains ? demanda-t-il à Hans, où sont-ils allés après que mon ami le policier les eut priés de déguerpir ?

— Ils ont quitté l'hôtel *Libertador*, répondit Hans.

— Je m'en doute ! s'emporta l'Allemand. Mais es-tu aussi crétin que ce pauvre Salvatore pour penser qu'ils vont abandonner parce que cet imbécile le leur a ordonné ? Ils viennent des États-Unis pour retrouver leur amie et ils repartiraient parce que ce gros lard leur a demandé ?

Hans ne répondit pas et fixa Völner.

— T'es pas d'accord, hein, mon gros, ricana celui-ci, en tournant autour de lui. Tant que tu pouvais te faire enfiler par tous les bouts par les gauchos, tu la fermais... t'y trouvais ton compte, toi et l'autre pédale, hein, mon petit Hans ? Ben, il n'y a pas que le plaisir dans la vie, tu devrais le savoir, il y a aussi le travail. Et votre travail à vous deux ça va être de m'accompagner à Neuquen, avec Maurizio. C'est drôle, je préfère vous avoir tout près de moi... allez savoir pourquoi. Peut-être que je ne vous fais pas confiance... dans ce cas, ce serait grave pour vous, et vous auriez tout intérêt à la retrouver, ma confiance, n'est-ce pas mes agneaux ? Maurizio, va dire à ta protégée qu'elle va visiter une très belle région. Elle sera parfaitement bien à Neuquen. Préviens aussi Ravjic et Anton, ils sont de la partie. (Il regarda Hans sous le nez.) Préparez votre sac, toi et l'autre, ça m'étonnerait qu'on traîne longtemps ici. Les Américains ne vont pas tarder à se pointer. Dis aux Croates de se tenir sur leurs gardes.

Il revint au milieu de la pièce en leur tournant le dos.

— Il ne faudrait pas que vous viennent de mauvaises idées, mes garçons, dit-il en tapotant la paume de sa main gauche avec le manche du fouet. J'aime la loyauté par-dessus tout chez mes hommes. Tâchez de ne pas l'oublier. Maurizio, monte à notre beauté une tenue en léopard que tu trouveras dans l'armoire aux accessoires. Je veux qu'elle voyage habillée comme ça. Ce sera très chic. On s'arrêtera le long de la route chez des amis. Les distractions ne sont pas si nombreuses.

« Prévois deux grosses voitures pour nous et un pick-up avec un plateau pour poser la cage. Bien sûr, on la recouvrira d'une bâche. Une femme en cage, même en tenue léopard, ça peut paraître curieux aux esprits simples. Allons, mes garçons, ricana Völner en se retournant et en agitant son fouet vers eux, exécution. Assurez-vous de tout. Maurizio, préviens Neuquen que nous y serons dans quelques jours. Si les Américains arrivent trop tard ils se casseront le nez, s'ils arrivent à l'heure, c'est moi qui leur casserai la tête.

48

Sam joint notre ambassade et obtient au bout d'un moment un attaché de mission à qui il explique ce qui se passe.

L'autre l'écoute attentivement avant de lui demander si nous avons la moindre preuve pour étayer une accusation aussi grave portée contre un citoyen argentin, et dans l'affirmative, pourquoi ne pas prévenir les services de police de la région ?

— Nous l'avons fait, monsieur l'attaché, indique Sam, nous sortons juste de son bureau. Hélas, ce monsieur Völner est un gros propriétaire éleveur qui a su rendre des services aux autorités locales, et elles ne veulent absolument rien faire.

— De qui avez-vous obtenu les renseignements concernant ces pseudo-crimes ?

— D'un responsable des services spéciaux argentins.

— Qui ?

— Nous ignorons son nom.

Il y a un silence à l'autre bout. Je suis à côté de Sam avec un écouteur à l'oreille et je comprends que c'est foutu. Même si nous donnions le nom du colonel, il nierait tout.

— Vous l'ignorez ? Écoutez, lieutenant, j'ai compris que vous étiez là à titre privé, néanmoins vos chefs détesteraient, j'en suis certain, qu'un de leurs officiers se compromette dans une histoire impliquant un citoyen argentin accusé sans preuve, et qui plus est, dans son pays. Je vous somme en tant que représentant légal des États-Unis de ne rien tenter contre ce monsieur... comment l'avez-vous appelé ? Völker ? enfin, peu importe. Vous n'êtes chargé d'aucune mission et vous ne devez en aucun cas vous prévaloir de votre qualité d'officier de police pour appréhender cet homme. Si cette personne, cette Mrs Gutierez, a effectivement disparu, nous en serons prévenus par la voie officielle et dans ce cas nous pourrons ouvrir une enquête. Mais seulement dans ce cas. Est-ce que je me suis bien fait comprendre ?

— Ce que vous, vous ne comprenez pas, c'est que cet homme a probablement tué deux citoyens israéliens et détient peut-être une ressortissante américaine qu'il a toutes les raisons de vouloir supprimer pour l'empêcher de témoigner contre lui !

— Je n'entends dans votre phrase que des « probablement » et des « peut-être ». Comment avez-vous dit que vous vous appeliez ? Et où êtes-vous ?

J'appuie sur la fourche de l'appareil.

— Vous avez compris ?

Sam repose lentement le combiné et me regarde comme si j'étais transparente.

— Demain matin, avant le lever du jour, nous nous introduirons dans l'*estancia*, dit-il d'une voix blanche. Si Nina y est, nous la ramènerons avec nous.

— Vous risquez votre carrière et votre peau, Sam.

— Vous ai-je jamais donné l'impression d'y tenir au point de vouloir ressembler à ces gens-là ?

49

Je passe sur la pointe des pieds devant la porte de la chambre de Sam que j'entrouvre. Il dort, allongé nu sur le lit, comme un gisant. Je le trouve beau et vulnérable. Trop jeune pour perdre la vie. Je n'ai pas le droit. Völner et les siens en ont suffisamment pris sans que je lui offre la sienne sur un plateau. Si Nina doit être sauvée, ce sera par moi. Sam m'a déjà fait cadeau de ma liberté dans le temps, je ne peux plus rien lui demander.

Je descends les escaliers qui mènent dans la grande salle enfin déserte. Il est 3 heures du matin et il fait nuit noire. Je pousse une porte qui s'ouvre sur l'arrière, dans une ruelle, et m'arrête pour écouter. Ici, la vie ne cesse jamais. Des chants et des rires arrivent par rafales d'une rue proche. Des motos sillonnent la rue principale où des groupes de jeunes boivent en se passant des bouteilles et en riant fort.

Je me glisse dans la Mercedes et retire le Sauer de ma ceinture. Cette arme doit bien peser son kilo. Sam m'a expliqué que ce pistolet expédiait des balles qui soulevaient un homme de trois mètres. Tant mieux. Un tank m'aurait encore mieux convenu.

Je sors de la ruelle et prends la direction ouest de la ville vers l'*estancia* de Völner. Le passage à l'action me fait oublier toutes mes inhibitions et ma peur. Je sais pourtant que tout reviendra quand j'arriverai à destination. La nuit est profonde mais je n'allume que mes codes. Je roule avec précaution sur cette route à moitié macadamisée. L'avantage de la nuit c'est que l'on n'y trouve ni chevaux ni ânes.

L'*estancia* se trouve à moins d'une demi-heure de Medanos, et soudain elle m'apparaît au revers d'une côte. Je m'arrête sur le bord de la route. On distingue des lumières dans l'immense espace nu qui entoure les bâtiments, mais aucun être humain. Vue d'ici, l'*estancia* ressemble à ces bases militaires abandonnées dans le désert américain qui sont constamment illuminées pour éviter les accidents avec ce que l'armée appelle des aéronefs. Tout paraît si paisible et normal que je me demande si je n'ai pas fait complètement fausse route depuis le début.

Il semble invraisemblable que, depuis le temps, le gouvernement argentin n'ait toujours mené aucune enquête contre ce Völner. Et, surtout, qu'il n'ait pas cherché à savoir s'il est réellement coupable de l'assassinat de deux étrangers et de l'enlèvement d'une enquêtrice envoyée par La Haye.

Je ne sais plus où j'en suis. Si ça se trouve, Nina est quelque part dans cet immense pays en train de continuer tranquillement ses recherches et d'essayer en vain de me joindre à la maison. Je me suis peut-être encore une fois laissé entraîner par mon anxiété morbide. À partir de fragments d'indices et par la malheureuse coïncidence de la mort des deux Israéliens, j'ai échafaudé une théorie qui tout à coup m'apparaît faiblarde. Peut-être qu'arrivés ici ils se sont séparés. Les Israéliens menant leur mission et Nina la sienne.

« Enfants dans la guerre » ne s'est inquiété qu'à partir du moment où j'ai sonné l'alarme, et tous m'ont suivie, même le Colonel. De toute manière, maintenant que je suis arrivée, j'irai bien sûr jusqu'au bout. Si je me suis trompée, je rentrerai à San Francisco et y attendrai Nina.

Je respire un grand coup, embraye et me mets en route vers l'*estancia*.

50

J'arrête la voiture à distance des murs hauts d'à peu près un mètre cinquante qui entourent la gigantesque propriété sur trois côtés. La route y mène tout droit et je dissimule la Mercedes derrière un muret à moitié écroulé envahi d'épineux. Selon mon habitude, je cache les clés à proximité sous une pierre.

Bien qu'il n'y ait pratiquement pas de lune, je ne sais pas comment approcher sans me faire repérer. Je me glisse rapidement vers l'entrée, m'accroupis derrière un buisson et observe les alentours. À ma montre il est 3 h 45, et apparemment tout le monde dort.

Je remarque que le mur nord est dans l'ombre. Je sors mon pistolet et l'examine. Il possède un chargeur de vingt balles et j'en ai deux autres dans la poche. Je l'arme par précaution et, le cœur au bord des lèvres, je franchis l'enceinte en cavalant et me colle contre le mur nord. Je ne sais pas si vous êtes déjà entré par effraction chez quelqu'un, moi oui, et je peux vous assurer que c'est une expérience affreuse.

Je progresse le long du mur en direction du bâtiment principal distant d'au moins deux cents mètres.

Côté sud, une grande bâtisse sans étage aux fenêtres sombres elles aussi, côtoie un ridicule chalet montagnard aux volets et balcon en bois ouvragé comme au Tyrol. Au milieu de la cour se dressent en triangle trois arbres gigantesques entourés de quelques buissons sans grâce.

La propriété du maître de maison est bâtie sur deux niveaux et paraît plus confortable que luxueuse. Le rez-de-chaussée est entièrement constitué de baies vitrées et à l'étage s'ouvre une rangée de fenêtres. Il aime la lumière. Curieux, j'aurais pensé que la vermine préférait l'ombre et l'humidité. Il aime aussi la solidité car tout est construit en béton et pierres.

Il n'y a pas âme qui vive. Tous les dix mètres à peu près, je m'arrête pour observer et écouter, mais à part la cacophonie habituelle de ces grands espaces où vit une faune nombreuse, quoique invisible, je n'entends rien. C'est trop calme. La peur me prend comme un coup de fouet. Mon cœur se met à cogner comme un dingue et je me couvre de sueur tandis que je me vide de mes forces. Je m'accroupis contre le mur en attendant que ça passe.

Ce silence, ce calme, cette immensité, sont effrayants. Mais je sais que ce n'est pas seulement ça. Le pire, c'est que j'ignore ce que je vais trouver. Dans l'état où je suis je ne sais pas ce que je préfère. Que Nina soit là ou pas. De plus, je vais être confrontée à ce que je hais le plus au monde : un nazi.

Nous autres, Juifs américains, n'avons connu l'horreur de la Shoah qu'après la fin de la guerre, quand les GI qui ont libéré les camps de la mort en Europe sont revenus. Et encore, le secret a été longtemps gardé. Des cousins, des oncles, des hommes de ma famille ont été soldats. Certains ont laissé leur peau en Sicile, à Omaha Beach ou dans le Pacifique. Ceux qui sont revenus ne savaient rien, alors quand nous avons appris, l'horreur et l'incompréhension nous ont frappés de plein fouet. Nous avons voulu savoir ; j'ai lu et vu tout ce que je pouvais trouver sur le sujet sans jamais rien comprendre à ce qui a pu se passer en Europe pour qu'un peuple considéré comme civilisé et cultivé ait mené cette politique de mort. Nous avons culpabilisé de ne pas avoir connu notre quota d'horreur et de souffrance et nous avons voulu par tous les moyens nous racheter. Mais il restera toujours en chacun de nous cette culpabilité de ne pas avoir partagé le sort des nôtres.

Je me remets en route, mon pistolet en main. Je ne sais pas si je pourrais m'en servir, je ne sais plus rien. Je marche dans un brouillard qui m'enlève toute capacité de raisonnement à long terme. Je me fixe sur mon objectif : retrouver Nina et la ramener avec moi. Mon cœur cogne si fort que j'ai l'impression que le bruit résonne dans cette cour où pourrait s'installer un village entier. Les dimensions de ce pays ne sont pas à l'échelle humaine.

Je suis à présent à une vingtaine de mètres de la maison et il ne s'est toujours rien passé. Ce n'est pas possible que ce salopard n'ait pas de gardes pour le protéger. De l'autre côté du bâtiment où doivent loger les employés, je remarque toute une longueur d'écuries, et j'entends maintenant le bruit que font les chevaux. Devant moi, la demeure du maître de maison semble endormie. Je dois à présent me redresser, me détacher du mur et de son ombre protectrice, et chercher un moyen d'entrer.

Aucun signe de vie nulle part. Un vent frais sèche ma sueur, et je respire profondément pour me concentrer et me calmer. Si Nina est ici, elle peut aussi bien être enfermée dans une pièce à l'étage que dans une cave ou dans une des maisons. Je n'ai aucun plan parce que je n'en ai pas imaginé.

Un nuage vient opportunément couvrir le quart de lune rescapé, et je cavale vers la maison contre laquelle je m'aplatis. Rien pour se cacher. C'est aussi nu qu'un parking. Je progresse, courbée en deux vers une des baies qui — de façon invraisemblable — est entrebâillée. C'est trop beau pour être vrai.

209

— Ne bougez pas.

Par le battant à moitié ouvert, un canon de fusil est apparu.

— Posez votre arme à côté de vous et mettez-vous debout.

À ce moment, le rez-de-chaussée s'illumine. Au bout du fusil se tient un homme en costume, de corpulence moyenne, au regard sans expression.

— Entrez en mettant les mains derrière la tête.

La baie s'ouvre en entier et, derrière, quatre hommes me fixent, dont un vieux qui se tient au milieu d'eux, appuyé sur une canne.

— Entrez donc, chère madame, me dit-il.

Je n'ai pas besoin de m'interroger pour comprendre que je suis en présence de Markus Völner.

51

Sam ouvrit brusquement les yeux et resta dans le noir à attendre que son cœur se calme. Il regarda l'heure : 4 h 15. Qu'est-ce qui l'avait réveillé si soudainement ? Pas la peine de chercher. C'était déjà étonnant que dans cette situation il ait pu dormir jusque-là.

Dans moins de deux heures, ils allaient, Sandra et lui, rencontrer un tortionnaire nazi qui avait peut-être tué Nina et deux hommes. Un assistant zélé du sinistre Dr Mengele, un des bourreaux scientifiques de son peuple. Le bon docteur Mengele, si curieux du comportement humain placé dans des situations extrêmes, qu'il n'hésitait pas à infliger les pires tortures aux morts-vivants qui lui servaient de cobayes.

Et c'était avec un de ses collaborateurs qu'il allait falloir négocier la vie de Nina. Un homme que la justice n'avait jamais rattrapé.

À bout de nerfs, Sam se leva et se planta devant la fenêtre où pendait un bout de rideau défraîchi. Que pensait Sandra à cet instant ? dormait-elle ou errait-elle comme lui à travers sa chambre minable ? Cette situation était un cauchemar, le pire qu'il ait connu durant toutes ces années passées à traquer les criminels.

Criminels ? Pas tous. Des paumés, des toquards, des ivrognes, des malhonnêtes, des camés, des cinglés, des tordus de tous poils. Des types qui vous faisaient gerber par le simple fait de les regarder ou de les entendre. Des laissés-pour-compte de la nature, mais pas des nazis. Les nazis, eux, c'était autre chose.

Il revint au centre de la pièce, évitant de regarder vers les coins de mur où déambulaient d'antipathiques insectes. Il mourait de soif et aurait donné une fortune pour qu'on lui monte un verre de lait froid. Mais il n'avait rien à espérer. Tout dormait dans l'hôtel.

Il revint s'allonger, les mains derrière la nuque. Que se passerait-il si cet homme avait exécuté Nina ? Sandra l'abattrait comme elle l'avait déjà fait pour celui qui avait tué et violé sa compagne d'alors. C'était incroyable que ce genre de situation se répète une seconde fois ! Mais ce coup-ci, il l'aiderait à le tuer.

Ce fut le bruit qui le réveilla, et il se dressa dans son lit en se précipitant sur sa montre. Huit heures. Nom de dieu ! il s'était rendormi et Sandra devait bouillir à l'attendre. Étrange même qu'elle n'ait pas tambouriné à sa porte. Il se jeta hors de son lit et courut vers la douche. Mais quand il tourna le robinet, celui-ci ne laissa échapper qu'un filet d'eau maronnasse dans un lamentable gémissement. Il se passa rapidement de l'eau sur la figure et enfila un jean et une chemise. Il mit un blouson en toile pour dissimuler le Luger qu'il glissa contre les reins dans la ceinture de son pantalon, et sortit dans le couloir.

Par-dessus la rambarde, il avait vue sur la salle, où, au comptoir, quelques *paisanos* prenaient leur premier café. Mais il ne vit pas Sandra. Il dégringola les marches de l'escalier et s'adressa au patron.

— Pardon, avez-vous vu la femme qui m'accompagne ?

Le patron, un maigre et taciturne à la moustache

tombante et qui parlait à peine l'anglais, désigna son barman à qui Sam reposa la question.

— Non, pas vue.

— Elle n'est pas descendue ?

L'autre secoua la tête et retourna servir ses cafés.

Pas descendue ? Sam remonta rapidement et alla frapper à la chambre de Sandra.

— Sandra... Sandra, c'est moi... il est tard, réveillez-vous.

Devant le silence, il ouvrit la porte. Le lit n'était pas défait et son sac était posé fermé sur l'unique chaise.

— Mais où est-elle, bon dieu ! jura-t-il en dégringolant les marches.

— Elle n'est pas dans sa chambre, cria-t-il au barman, vous ne l'avez vraiment pas vue ?

Le type ne lui répondit même pas. Soudain, une pensée lui vint et il se précipita dans la ruelle où il avait garé la voiture. Elle avait disparu. Il fut tellement sidéré qu'il resta un moment immobile. Quel con il avait été ! Comment avait-il pu imaginer que Sandra dormirait bien tranquillement à quelques kilomètres d'un endroit où était peut-être enfermée Nina ?

Il jura en se traitant de tous les noms. Il n'était vraiment qu'un connard de bon à rien ! Un pauvre type qui pouvait roupiller alors qu'à un quart d'heure vivait tranquillement un infâme salopard dont le dernier exploit avait été de torturer à mort deux hommes qui avaient sacrifié leur vie pour que l'assassin des leurs soit jugé !

Il se prit la tête dans les mains et s'appuya contre le mur lépreux de la ruelle. Depuis combien de temps était-elle partie ? Et pourquoi ne lui avait-elle rien dit ? Pourquoi, connard, se répondit-il, parce qu'elle savait pertinemment que tu élèverais encore des objections ! Qu'elle craignait que tu lui dises qu'il fallait attendre l'heure légale pour entrer, que t'allais tâcher de te procurer un putain de mandat auprès de ce putain de flic pourri qui n'en avait rien à foutre qu'un de ses estimés concitoyens, qui devait lui graisser la patte avec une bonbonne d'huile, soit une pourriture d'empaffé de nazi ! Probablement que c'était pour ça qu'elle était partie, son amie Sandra. Parce qu'elle n'avait pas confiance en lui !

Il balança un coup de poing dans le mur, qui, à son étonnement, s'effrita. Il ne pouvait même pas se faire mal ! Il se précipita à l'intérieur et apostropha le barman.

— Écoute, il me faut immédiatement une voiture, où je peux en trouver une ?

Le gars balança un coup d'œil sur la pendule accrochée derrière le bar.

— Il est trop tôt, marmonna-t-il, les loueurs sont encore fermés.

— Tu viens comment toi, ici ?

— Moi, s'étonna le barman en tirant une *cerveza* qu'il plaqua sur le comptoir. Moi, ben en bagnole, j'habite à dix kilomètres !

— Je te la loue. Où elle est ?

— Mais je veux pas la louer !

Sam sortit une liasse de billets de vingt dollars.

— Cinq pour toi si tu me la laisses pour la journée !

Le mec considéra le rouleau de billets, hésita et sortit une clé.

— La Fiat qu'est dans la rue. Jaune. Cabriolet. Faites attention, elle est neuve !

— Merci !

Sam rafla les clés et se précipita dehors.

Il était bien là le cabriolet jaune, discret comme un louis d'or au milieu d'un tas d'ordures, et à peu près aussi neuf qu'une savate trouée. Des traînées de peinture surajoutées recouvraient la rouille des ailes et les amortisseurs avaient dû rendre l'âme quelques années plus tôt. Il se mit au volant et fit rugir le moteur. C'était sous le capot que tout se passait. Il démarra et prit la direction de l'*estancia*.

52

Le bout de route qui y menait était encore vide, les Argentins aimaient prendre leur temps avant de commencer la journée.

Un grand soleil illuminait la pampa et des oiseaux de proie dessinaient des cercles dans le ciel. Il trouva déprimant leur vol lourd et puissant. Parfois, l'un d'eux se laissait tomber comme une pierre et remontait en flèche, le bec plein. Une carriole tirée par un âne et conduite par un homme à moitié endormi le croisa. Un chien famélique le regarda passer avec curiosité et reprit sa route.

En arrivant en vue de la propriété de Völner, il se rangea sur le bas-côté. Il sortit et vit des hommes tirer des écuries des chevaux que d'autres montèrent. Des *peones*, munis d'instruments aratoires, embarquaient dans des camionnettes qui les emmenaient vers les immenses plantations entourant la propriété.

Rien n'indiquait la présence de Sandra, et il se demanda si elle était cachée quelque part à proximité. Malgré le calme apparent, un sale pressentiment l'envahit. Comme si tout ça n'était qu'une mise en scène, un leurre. Il décida de dissimuler son véhicule et de patrouiller aux abords de la propriété pour le cas où Sandra s'y trouverait. Dans le cas contraire, il s'arrangerait pour s'introduire à l'intérieur sans se faire remarquer. Il ignorait encore comment.

En se dissimulant dans chaque accident de terrain, il réussit à se rapprocher et à trouver la Mercedes, mais ensuite ses recherches restèrent vaines. Il dénicha un monticule herbeux, au plus près de l'*estancia*, d'où, d'un coup d'œil, il pouvait embrasser toute la propriété. Deux hommes, des Européens, sortirent à un moment de l'habitation principale et grimpèrent dans une voiture qui s'éloigna rapidement.

Le soleil monta dans le ciel et il décida de bouger. À présent, il avait la certitude que Sandra s'était fait avoir.

Il observa un bâtiment, côté sud, d'où entraient et sortaient des employés apparemment occupés à l'entretien général. Les *peones*, eux, paraissaient loger à l'écart avec leurs familles dans des maisons basses, assez misérables, aux toits recouverts de chaume et de boue. Une fois qu'ils furent partis dans les camionnettes, seuls restèrent les femmes et les enfants. Des hommes à cheval prirent la route en direction de Medanos.

Il consulta sa montre : 9 heures. Il aperçut un homme avec un râteau et une pelle sur l'épaule qui se dirigeait vers des jardins assez minables qu'il entrevoyait à l'arrière de l'habitation principale. Comme tous, il portait un chapeau à large bord et un poncho en toile légère sur sa chemise et son pantalon.

Sam rejoignit en courant l'arrière de la maison. Il s'approcha du mur d'enceinte et observa l'homme occupé à tailler un buisson. Il n'y avait personne d'autre dans les parages. Il se hissa sur le mur et se laissa retomber silencieusement de l'autre côté. L'homme ratissait à présent des branches mortes sur le sol et faisait suffisamment de bruit pour ne pas entendre approcher Sam.

— S'il vous plaît, dit Sam.

L'homme se retourna.

— J'ai besoin de vos vêtements, dit Sam en lui

décochant une droite qui l'envoya à terre, assommé, les yeux exorbités.

Il le fit rouler rapidement sous les arbres et le déshabilla puis le ligota et le bâillonna en s'assurant que son souffle était régulier, avant de se saisir du râteau et de la pelle et de prendre le chemin de la cour.

Le chapeau penché sur les yeux, il croisa des types qui ne semblèrent même pas le remarquer. Il s'approcha de la façade de la maison en faisant mine de ratisser le sable. Par l'une des baies, il aperçut un homme qui téléphonait, assis à un bureau. Une femme faisait la poussière. Il se rapprocha pour tenter de saisir ce que disait le type au téléphone, mais il y avait trop de bruits dans la cour. La femme changea de pièce. Ni Sandra ni Nina n'étaient visibles. Une porte s'ouvrit dans le fond de la pièce et un vieillard de haute taille entra.

— Hans, viens avec moi, dit-il d'un ton sec.

L'homme se leva et le suivit.

C'est Völner, pensa Sam qui se crispa.

53

L'ambassadeur se renversa légèrement dans son fauteuil et joignit les bouts des doigts devant son visage.

— Bonjour Benjamin, vous avez demandé à me voir ?

L'ambassadeur Avram Cohen aimait bien Benjamin Nahum, responsable de la sécurité à l'ambassade d'Israël de Buenos Aires. Son fils, Simon, avait servi sous ses ordres dans un des commandos d'élite de la marine israélienne.

— Oui, Avram, dit Benjamin en se laissant tomber sur une chaise face à l'ambassadeur.

Nahum avait une tête ronde comme un ballon. Ses cheveux coupés au ras du crâne accentuaient encore cette image de boule. Il avait le teint sombre de certains Syriens avec des yeux très clairs, et paraissait si calme qu'on aurait pu le croire lent. Erreur funeste pour ses adversaires. Nahum était un très redoutable tueur.

— Les Américains sont au contact, dit-il.

— Depuis quand ? demanda l'ambassadeur en soulevant un sourcil.

Lui avait un visage d'homme paisible. Une abondante chevelure blanche coiffée en arrière lui donnait l'allure d'un artiste. Ses grandes mains laissaient supposer qu'il était pianiste. En réalité, avant d'être nommé ambassadeur, il avait été chef d'état-major dans son armée. C'était un très bon stratège et un fin diplomate.

— Depuis ce matin. Il semblerait que la journaliste se soit fait piéger. Le flic est parti sur ses traces. On craint aussi pour sa vie.

— Que pensez-vous d'eux ?

Benjamin haussa ses lourdes épaules.

— Déterminés mais inexpérimentés. Elle, est grand reporter à Frisco et s'occupe d'affaires criminelles où elle a déjà risqué sa peau. Lui, est lieutenant de police à Boston. Sa mère loge chez une cousine. Elle a voulu l'accompagner, voyez le topo.

— Leur amie est toujours vivante ?

— Elle l'était hier soir. Völner se prépare à bouger. C'est peut-être à ce moment qu'on pourra l'intercepter.

— On ne peut rien faire pour l'instant, Ben. On nous a à l'œil depuis l'assassinat d'Ari et Amos. Tel-Aviv ne veut pas de problèmes avec Buenos Aires. Le Hamas possède ici une base arrière que les Argentins se sont engagés à surveiller.

— Je sais, je sais, soupira Nahum. Alors on laisse filer cette ordure de Lenz ?

L'ambassadeur leva les bras.

— On a attendu plus de cinquante ans, Benjamin, ce n'est plus à trois mois près.

— Il va sûrement se débarrasser des Américains, si on ne les aide pas.

— Chaque Juif est un soldat. Chacun de nous doit vivre son destin.

— Et s'ils réussissent au contraire à l'abattre ?

— Alors il faudra que les hommes engagés dans l'opération « Mémoire », se mettent rapidement à l'abri et se fassent oublier du gouvernement d'ici. Et ce sera à moi de persuader le ministre de l'Intérieur, Pedro Cordoba, que nous n'y sommes pour rien.

— Ils ne vous croiront pas.
— Tant pis. Mais je ne pense pas que les Américains réussissent à récupérer leur amie, c'est dommage, mais nous n'y pouvons rien.
— Alors, on ne fait rien ?
— Non, on ne fait rien, Ben.

Sam longea la façade de la demeure de Völner, jetant des coups d'œil à l'intérieur, en quête d'indices sur la présence de Sandra ou Nina.

La grande cour était à présent presque déserte, ne restaient que quelques femmes chargées de l'entretien de la maison du maître. Leurs voix haut perchées s'entrecroisaient, mais par chance, aucune ne faisait attention à lui. La maison de Völner semblait immense. Sandra et Nina pouvaient être n'importe où. Sam n'apercevait du rez-de-chaussée que des pièces vides. Il enjamba une porte-fenêtre, décidé à entrer, quand il entendit une voiture arriver et se rapprocher rapidement. Il recula sans se retourner et entreprit de travailler consciencieusement le sable avec son râteau.

La voiture s'arrêta, les portières claquèrent, et les deux hommes qu'il avait vus partir plus tôt en descendirent. Il se mit de trois quarts pour les observer. Ils se ressemblaient : de taille moyenne, minces, les cheveux noirs raides rejetés en arrière sur le crâne, les visages inexpressifs. Ils le dépassèrent en lui jetant un coup d'œil indifférent et entrèrent dans la maison.

Il les suivit du regard jusqu'à ce qu'ils ouvrent une porte donnant sur une autre pièce d'où Sam entendit des voix d'hommes qui parlaient allemand. Il s'avança à l'intérieur, mais à cet instant une femme de ménage l'apostropha et d'un geste énergique lui ordonna de filer. Il battit en retraite mais resta à proximité.

Les nouveaux arrivants continuèrent de parler, la porte ouverte, et Sam reconnut la voix de Völner. La femme qui l'avait chassé le dévisageait d'un air soupçonneux, et avec un geste apaisant de la main, il s'éloigna. Elle le suivit des yeux jusqu'à ce qu'il disparaisse à l'angle d'un mur.

Il devait absolument pénétrer dans la maison. À cet instant, il repensa au jardinier qu'il avait assommé et se demanda s'il avait repris ses esprits et ne risquait pas de se libérer. Il retourna rapidement à l'arrière de la maison en pensant que cette névrose était un de ses points faibles. Il savait faire partie de ces gens qui vérifient une seconde fois qu'ils ont bien tout fermé en partant de chez eux. Un ami d'enfance devenu psy et qui officiait dans un cabinet luxueux dans la 77ᵉ rue Ouest et Park Avenue, à New York, appelait cette affection la poire d'angoisse, qui frappait, disait-il, plus particulièrement l'aîné des enfants. Sam était fils unique.

Il retrouva le jardinier réveillé et roulant des yeux furibonds. Il avait presque réussi à se libérer les mains et tentait de repousser son bâillon. Il lui intima l'ordre — dans un espagnol de l'armée en déroute — de se tenir tranquille, et lui rattacha les poignets qu'il relia à ses chevilles avec une longe en cuir qui traînait là. Après avoir resserré son bâillon en lui dégageant le nez, il le traîna derrière une grande poubelle en fer puis le recouvrit de bouts de chiffon et d'une bâche déchirée. Enfin, il s'assura une dernière fois qu'il ne pourrait pas bouger avant un moment, et l'abandonna en le menaçant.

Il revint dans la cour. Toutes ces allées et venues l'avaient mis en nage et il voulut repousser son chapeau, mais, juste à cet instant, un domestique surgit qui lui adressa quelques mots en riant, et il le rabattit rapidement en marmonnant.

Il ne pouvait pas rester plus longtemps à se balader devant la maison avec son râteau et sa pelle. Il allait immanquablement se faire repérer. Il fit le tour par l'autre côté, espérant trouver une ouverture. C'était l'aile des cuisines et il entendit palabrer les femmes affairées aux fourneaux. Il se dissimula et observa leurs allées et venues. Elles parlaient en riant et, d'après leurs gestes, il comprit qu'elles évoquaient une scène d'amour. Un certain Enrique semblait être la cible de leurs plaisanteries.

Il se glissa plus près et jeta un coup d'œil par une porte qui s'ouvrait sur une buanderie. Des récipients en verre, des tonneaux et des cartons s'empilaient sur des étagères, en compagnie de bidons d'huile et de boîtes de conserve. C'était la réserve. Une porte en fer la séparait des cuisines proprement dites, et Sam se demanda pourquoi la porte extérieure était restée ouverte. Négligence, sans doute.

Il s'introduisit à l'intérieur et longea les rayonnages en se baissant. Sur le sol, il repéra un tonneau derrière lequel il pourrait se cacher si quelqu'un entrait. De l'autre côté de la porte, les femmes continuaient de parler et de rire. Il posa son râteau et assura son Luger.

L'idée de pénétrer dans cette sinistre baraque où se retrouvaient Völner et ses hommes, ne l'enchantait pas. Mais il ne pouvait plus se permettre d'attendre.

55

— Je vous en prie, *Commandante*, invita Harrisson, premier secrétaire de l'ambassade des États-Unis à Buenos Aires.

— Merci, monsieur le premier secrétaire, répondit Juan Escobar, chef de la police du district de la capitale en s'asseyant avec un soupir de contentement dans un confortable fauteuil de l'autre côté du bureau.

Harrisson eut un bref sourire et s'installa à son tour. Il posa ses coudes, croisa les doigts et attendit que l'autre parle.

Harrisson était né à Phoenix, dans l'Arizona, d'une famille de négociants en cuir, et la moitié de son énergie avait jusque-là consisté à faire oublier sa petite taille — 1,63 mètre — et son accent du Middlewest. Il aurait rêvé naître à Cap Cod sur la côte Est et, quand il pouvait, il le laissait croire. Pour lui, Cap Cod était la quintessence de ce qui se faisait de beau et de chic. L'endroit où il aimerait vivre et promener la femme et les enfants qu'il n'avait pas encore.

Il rêvait d'une maison à colonnades, style Nouvelle-Orléans, entourée d'une grande pelouse, où pour les événements familiaux importants on ferait dresser de grandes tentes blanches qui accueilleraient les nombreux invités de la famille. Il se déplacerait en Mercedes décapotable, et posséderait une carte à vie du plus chic club de golf de la ville.

Au lieu de ça, il était obligé de régler avec des gens qu'il ne comprenait pas, comme ces Sud-Américains, des problèmes dont il n'entrevoyait que rarement la portée. Mais il n'avait pas davantage saisi la façon de penser des Coréens du Sud qu'il avait côtoyés pendant trois ans à Séoul, ni la mentalité des Islandais de Reykjavík où il était resté en poste deux ans et où il avait failli périr d'ennui.

— Je vous écoute, *Commandante*, encouragea-t-il.

Escobar soupira encore une fois et s'épongea le front. Il avait toujours chaud. Sa corpulence, sûrement. Il était tout le contraire d'Harrisson. Il était content de son sort, de son physique et de sa façon de parler. Lieutenant de police sous la présidence de Videla et consorts, il avait participé aux nombreuses saloperies du régime mais s'en était sorti sans une égratignure au moment de l'épuration. Mieux, il avait été promu capitaine de la garde présidentielle, et en 95, chef de la police de la province de Buenos Aires.

— Cette chaleur n'est pas naturelle en cette saison, commença-t-il.

Harrisson sourit poliment.

— On dit que les courants océaniques se seraient inversés, répondit-il et qu'El Niño serait responsable de cet état de choses.

— On dit tellement de choses, répliqua Escobar en démaillotant un cigare de son enveloppe cellophane. Vous en voulez ? proposa-t-il à l'Américain.

— Merci, je ne fume pas et n'ai jamais fumé.

— Ah... fit le *Commandante* en faisant grésiller le bout de son Cortès. C'est vrai que vous autres Américains n'avez pas le droit...

Harrisson pinça les lèvres. Ce n'était pas une question de droit, mais de réflexion. Le tabac était mortel, il n'avait pas envie de mourir, CQFD.

Le policier prit son temps pour enflammer le cigare et s'adressa enfin à Harrisson en souriant.

— Comment ça va en ce moment à l'ambassade ? commença-t-il.

— Bien, bien...

Escobar lâcha une énorme bouffée de fumée qui fit grimacer de dégoût Harrisson.

— Je suis là, vous vous en doutez, reprit-il, pour l'ennuyeuse histoire de cette déléguée envoyée par le Tribunal International de La Haye, et qui aurait disparu. Déléguée américaine, je crois.

— Américano-argentine, rectifia Harrisson. En fait, elle possède la double nationalité puisqu'elle n'a pas abandonné celle de naissance lors de sa naturalisation.

— Oui, oui, souffla Escobar, c'est ce qu'on m'a dit. Avez-vous été prévenu officiellement ?

— Nullement. Nous avons reçu un communiqué de l'association « Enfants dans la guerre » qui l'avait missionnée nous signalant que cette personne ne donnait plus signe de vie depuis son arrivée dans le pays, mais personne n'a officiellement prévenu l'ambassade de sa disparition.

— Oui, oui...

Escobar considéra le bout de son cigare comme s'il le voyait pour la première fois.

— Au ministère, on pense qu'elle a pu être attaquée par des voleurs, qui l'ont peut-être hélas, tuée...

— Nous n'avons reçu aucune information à ce sujet, dit Harrisson en pinçant les lèvres pour conserver l'accent de l'est. De toute manière cette femme était majeure et nous n'avons aucune raison de penser qu'elle n'a pas disparu intentionnellement, tant qu'une plainte officielle présentée par son organisme de tutelle n'a pas été déposée.

— Que comptez-vous faire si jamais elle ne réapparaissait pas ? demanda Escobar en relevant brusquement la tête.

— Mais, mais... rien, tant qu'aucune plainte n'a

été déposée. Si cela arrivait, nous demanderions à votre police de diligenter une enquête et de lancer un avis de recherche, mais même dans ce cas-là...

— Oui, oui... (Escobar tira une bouffée qu'il conserva un moment dans la bouche avant de la rejeter.) On a de curieuses affaires avec les étrangers en ce moment, reprit-il. (Harrisson attendit.) Comme ces deux ressortissants israéliens dont on vient de retrouver les corps dans la banlieue de Santa-Rosa.

— Comment savez-vous qu'ils sont israéliens ? demanda Harrisson.

— Nous avons reçu en même temps que les photos de leurs cadavres, leurs identités. Nos légistes sont de premier ordre pour avoir fait le rapprochement entre eux et les clichés qui nous sont parvenus. Ils ont été torturés...

— Mon dieu, dit Harrisson, par qui ? Comment est-ce possible ?

Escobar haussa les épaules.

— Probablement des trafiquants de drogue. Peut-être les mêmes qui ont tué votre ressortissante. Quel malheur ! Pourtant mon gouvernement fait tout ce qu'il peut pour éradiquer ce fléau.

— Évidemment. Mais on en attrape un, il en sort dix. C'est un problème insoluble.

— Insoluble, convint Escobar. On m'a signalé que des amis à elle, des compatriotes à vous, seraient arrivés pour la rechercher, êtes-vous au courant ?

— Des amis à qui ?

— À cette Maria-Ana Gutierez-Cabrerra, l'envoyée de La Haye. Elle apparaît d'ailleurs dans nos fichiers.

— Ah ?

— Oui, oui. Elle était dans un mouvement d'opposition au moment de la junte. Elle s'est réfugiée chez vous en 80 ou 81...

— Communiste ?

— Non, je ne crois pas... intellectuelle. Vous savez, ces gens qui contestent toujours tout. Vous en avez aussi.

— Plus qu'il n'en faut !

— Oui, oui... Si ces gens la retrouvaient...

— Oui ?

— J'ai déjeuné hier avec notre ministre des Affaires étrangères, et il m'a dit, se rengorgea Escobar : « Mon cher Juan, c'est à des hommes comme vous que revient le mérite de donner à notre pays sa bonne physionomie vis-à-vis des étrangers. Un pays calme, sûr, où chacun se sent en sûreté, le citoyen de base autant que l'investisseur qui vient ici faire travailler son argent. Nous avons connu des zones de tempête et à présent nous naviguons sur un lac, faisons en sorte que ça continue. »

— Ah, il a dit ça...

— Oui, oui. C'est pour ça que si ces gens constataient le décès ou ne retrouvaient pas leur malheureuse amie, nous ferions en sorte qu'ils puissent rapidement quitter notre pays.

— Vous savez, les gens qui disparaissent, soupira Harrisson en secouant la tête d'un air désolé, on ne peut pas tous les retrouver...

— Oui, oui... Vous savez bien sûr que nous avons intercepté un fort gang de Colombiens qui tentaient de s'introduire chez vous ?

— Évidemment, et mon gouvernement vous en est très reconnaissant. C'est avec une politique d'entraide internationale que nous pourrons peut-être contenir ce fléau...

— J'en suis personnellement persuadé. Des hommes de ma brigade sont actuellement en stage chez vous à Dallas, reprit Escobar, ils y apprennent beaucoup de choses.

— L'amitié a toujours été réelle entre les Argentins et nous, sourit chaleureusement Harrisson.

— Nous avons une histoire et des intérêts communs, renchérit Escobar. Les États-Unis ont toujours été à nos côtés.

— Comme l'Argentine l'a été quand nous aidions vos pays voisins à contenir leurs guérilleros.

Escobar se leva et serra vigoureusement la main de Harrisson.

— J'ai un petit ranch pas très loin de Buenos Aires où j'élève des chevaux. Vous montez ?

— J'ai la chance d'avoir de la famille en Arizona, répondit le premier secrétaire...

— Alors faites-moi le plaisir, si vous n'avez rien de mieux à faire, de venir y passer le prochain week-end avec qui vous voulez. Vous connaîtrez nos chevaux *criollo*. C'est un cheval robuste que nous avons obtenu par différents croisements. Vous vous y connaissez en chevaux ?

— Je m'en flatte.

— Avec les chevaux irlandais c'est le seul au monde à posséder toutes les nuances de robe possibles. Il a le pied sûr et une résistance à toute épreuve en même temps qu'une grande élégance. C'est le préféré de nos gauchos et de nos joueurs de polo. Une de mes juments *alazàn* vient de mettre au monde un poney *bayo*, une merveille ! Alors, c'est dit, je vous attends ?

— Avec grand plaisir, *Commandante*.

56

Difficile. Difficile de sortir de la nuit et de pénétrer les mains derrière la nuque dans une pièce éclairée, un fusil à canon scié pointé sur le ventre. Difficile de conserver sa dignité et son sang-froid quand quatre sales gueules vous observent.

— Entrez, chère madame, entrez.

Völner, appuyé sur une canne à pommeau d'argent gravé d'une tête de mort, m'invite avec un sourire. Celui qui me tient en joue a une gueule sinistre et le menton en galoche. Et son double se tient à côté de l'Allemand. Ils sont habillés tous les deux d'un costard à trois sous et de chemises noires cravatées de clair. En retrait de Völner, deux blonds costauds, dont l'un a le visage glabre, et un Argentin replet et moustachu.

J'ai peur au point d'en avoir la nausée.

— Ravi de votre visite impromptue, sourit Völner, mais pourquoi ne pas être entrée par la porte ?

Ainsi, c'est lui le copain du docteur Mengele que l'enfer a vomi. Il ressemble à n'importe quel octogénaire de base. Grand, maigre, flétri. Normal. Un pépère bien tranquille.

Je m'attendais à quoi ? À un monstre à la Lovecraft avec une bouche écumante, des griffes et des crocs sanglants ? C'est pourtant ce digne vieillard, d'après ce que m'a dit en confidence la cousine de Sam, qui trouvait un grand intérêt à amputer à vif les déportés pour vérifier si la douleur pouvait tuer. C'est ce papi inoffensif qui étudiait la physiologie musculaire après avoir taillé sans anesthésie de profondes blessures dans les chairs livides. Lui encore qui se servait de la peau de ses esclaves pour en faire des couvertures de livres et des abat-jour.

Difficile. Difficile d'imaginer l'arrogant SS de trente ans, l'impitoyable bourreau des miens dans ce monsieur fatigué appuyé sur sa canne.

— Vous êtes presque à l'heure, dit-il.

Et moi je ne peux pas en décrocher une.

Le gars au costard, le copain de celui au fusil, sort et va ramasser mon pistolet. À part Völner, personne n'a prononcé une parole. Où est Nina ?

— Vous voudriez peut-être voir votre amie ?

Un des blonds recule et va s'asseoir.

— Je vous attendais, dit Völner. Vous pouvez baisser les bras.

Je les laisse tomber mais je ne peux le quitter des yeux. Il ricane et sort de sa poche un porte-cigarette en ivoire où il visse une cigarette en attendant que l'Argentin replet la lui allume. Je ne sais pas s'il est argentin.

— Vous êtes obstinée, dit l'Allemand. C'est bien. C'est une qualité.

Je sais que je devrais bouger, parler, mais je ne peux pas. D'atroces images me passent dans la tête ; des hurlements me déchirent les tympans. J'entends les ongles des condamnés gratter jusqu'à la mort les murs des chambres à gaz. Je respire l'affreuse odeur des chairs calcinées et des charniers. Je sens sur ma peau couler les larmes des sacrifiés.

— Vous êtes bien venue pour votre amie, n'est-ce pas ?

Il a une voix normale. Il se sert de mots que je comprends.

— C'est une femme étonnante que cette Maria-Ana. Oui, une femme étonnante. Je comprends que vous l'aimiez.

C'est le mot « aimer » qui me réveille. Il y a des mots que des bouches comme la sienne n'ont pas le droit de prononcer. Je me jette sur lui et le frappe de toutes mes forces, de toute ma haine. Ça s'est passé si vite que personne n'a encore réagi. C'est le petit au fusil le plus prompt. Je vois se lever le canon de son arme. Et puis je ne vois plus rien.

57

Derrière la porte en fer, les mêmes bavardages incessants coupés de rires.

Sam se redresse. Il enfonce davantage son chapeau, voûte le dos à la façon des *peones*, et ouvre la porte.

Dans la cuisine, trois femmes s'activent. De grandes bassines sont posées sur les feux d'une cuisinière d'où s'échappe un fumet de viande et de légumes bouillis. L'une d'elles découpe sur une planche des lanières de poireaux et de carottes qu'elle balance dans une bassine.

Elles le regardent traverser la cuisine en lui lançant des bouts de phrase qui les font éclater de rire. Il répond en secouant la main, rit à son tour et sort rapidement de la pièce poursuivi par leurs criailleries. Il débouche dans un couloir où donne le salon aperçu du dehors. Un très grand salon, comme tout ce qu'il a vu jusque-là. Meublé richement de meubles trop lourds, trop sombres, qui n'ont rien à faire ici. Il entend des voix qui tombent du premier étage et sort son Luger.

Il grimpe silencieusement les marches et arrive dans une large galerie où s'encadrent de nombreuses portes. Les voix viennent de l'une d'elles qui s'entrebâille. Sam se précipite dans la première pièce accessible. Un homme passe devant sa porte et descend les marches ; il s'adresse en allemand à quelqu'un derrière lui. Sam entrouvre sa porte et voit deux hommes blonds, fortement charpentés, discuter avec véhémence et aller s'enfermer dans une autre pièce au rez-de-chaussée. Le silence revient.

Sam sort et entreprend d'ouvrir toutes les portes. Aucune n'est fermée à clé mais elles ne révèlent rien d'intéressant. Il descend à son tour, l'oreille tendue, et prend un vestibule qui mène à un autre grand salon meublé essentiellement de divans et d'un grand bar richement garni. Il est aussi vide que le reste de la baraque.

Dépité, il va pour faire demi-tour, quand il reconnaît la voix de Sandra derrière une des portes qui s'ouvre sur le salon. Il s'approche rapidement et écoute. Sandra s'adresse à quelqu'un mais il ne comprend pas ce qu'elle dit. Il arme son Luger, pose la main sur la poignée qui cède. Il l'entrouvre légèrement et écarquille les yeux.

Dans une cage posée sur une estrade est enfermée Nina. À quelques pas d'elle, Sandra est ligotée sur une chaise. Et derrière, debout, fusil à l'épaule, un des deux types qu'il a déjà aperçus dans la voiture.

Il retient son souffle. Personne n'a rien remarqué. Si, Nina, qui le fixe les yeux exorbités et ne peut retenir un mouvement qui alerte l'homme au fusil. Il regarde d'abord Sandra comme si le danger venait d'elle, puis tourne la tête vers la porte et voit Sam.

Qui a à peine le temps de réaliser que déjà l'autre a pointé son arme sur lui. Sam tire sans viser. La première balle se perd, mais la seconde, qui part en même temps que celle du type, vient se loger dans sa tête qu'elle fait éclater. Il est projeté en arrière, ne lâche pas son arme, bien qu'il ne possède plus que la moitié de son crâne.

Sandra se retourne tandis que Sam entre dans la pièce. La triple détonation a fait un boucan infernal, et tous à présent doivent être prévenus.

— Nom de dieu ! Sam ! s'exclame Sandra.

— Oui, le héros en armure. Mais bon sang, vous êtes blessée !

— Un souvenir de cette pourriture que vous avez pulvérisée. C'est rien, une grosse migraine.

— Salut Nina, ne vous en faites pas, on va vous sortir de là, dit-il en détachant Sandra.

Nina ne répond pas. Accrochée aux barreaux, elle regarde alternativement Sam et Sandra.

À peine libérée, Sandra se précipite vers sa compagne et passant ses bras au travers des barreaux la serre contre elle.

— Mon amour, mon amour, ce n'est pas possible !

— Poussez-vous, dit Sam, je vais faire sauter le cadenas. Attention, on vient.

Derrière la porte retentissent le bruit d'une cavalcade et des cris.

— Aidez-moi à pousser ce meuble contre la porte, dit Sandra.

À eux deux, ils tirent une lourde table et Sam fait sauter le cadenas de la cage. Sandra aide Nina à sortir comme elle le ferait pour une infirme.

— Comment vas-tu, chérie ? N'aie plus peur, c'est fini, dit Sandra en lui caressant les cheveux. (Elle l'embrasse partout sur le visage et l'installe avec précaution dans un fauteuil.) Fini, ma Nina, on est là.

Mais les mots semblent passer au-dessus de sa tête.

Derrière la porte éclate la voix de Völner.

— Qu'est-ce qui se passe ? Qui que vous soyez, vous avez intérêt à sortir les mains en l'air. J'ai plusieurs hommes armés avec moi, vous n'avez aucune chance.

En l'entendant, Nina se recroqueville dans les bras de Sandra. Elle lève vers elle des yeux affolés.

— Cet homme est un monstre, gémit-elle.

— Je sais, chérie, je sais. Calme-toi. On va venir nous chercher, ment-elle. C'est fini.

— On va donner l'assaut, dit Völner.

Sa voix a changé. Elle est redevenue celle de l'homme qui ordonnait d'un ton sec de tuer tel ou tel, selon son bon plaisir. De lâcher un molosse sur celle-ci, ou d'achever celui-là.

— Nous allons enfoncer la porte et vous massacrer ! hurle Völner qui semble ravi de la tournure que prennent les événements.

Ces cinquante dernières années ont été si calmes, occupées seulement à bâtir un domaine qui lui a valu les honneurs et les aides d'un gouvernement fasciné par la force, le travail et la solidarité de ces vaincus qui ont su si vite se redresser, qu'il n'est pas mécontent de retrouver la puissance martiale de ses jeunes années.

Sandra lâche brusquement Nina, se saisit du fusil du presque décapité et tire plusieurs balles dans la porte qui vole à moitié en éclats.

Dans le salon retentissent des cris et une cavalcade. Sam tire à son tour au jugé. D'ailleurs, il n'a jamais su tirer.

Une lourde volée de balles venues du salon s'écrasent en retour sur les murs, et Sandra se jette à terre en entraînant Nina.

— Méfiez-vous, ce doit être un pistolet-mitrailleur, souffle Sam, qui, accroupi derrière un meuble lourd comme une cathédrale, arrose de son Luger la porte qui n'existe plus.

Des jurons répondent aux salves. Völner ordonne de riposter, et la même arme puissante qui les cloue au sol se remet à staccater.

Par les fenêtres, Sam voit s'agglutiner les employés de l'*estancia* qui assistent bouche bée à la bataille rangée.

— Ils vont se faire blesser ces crétins, marmonne Sam qui leur fait signe de s'éloigner sans qu'aucun ne bouge.

— Vous feriez mieux de vous soucier de nous faire sortir d'ici, maugrée Sandra qui rampe sous le bureau en poussant devant elle le fusil à canon scié.

— Il n'y a que par les fenêtres et en espérant que les autres types de ce salopard ne nous attendent pas dehors, dit Sam. (Il se retourne vers Nina.) Ça va, Nina ?

Elle ne répond pas. Elle est prostrée comme si tout ce qui se passait là ne la concernait pas.

— Il faut la sortir d'ici, dit Sandra qui semble répondre à l'inquiétude de Sam. Je vais vous couvrir, et vous deux, sautez par la fenêtre !

— Vous rigolez !

— J'en ai l'air ? réplique Sandra qui tire plusieurs balles de dessous le bureau.

Un hurlement retentit de l'autre côté du mur.

— J'en ai touché un, dit-elle, laconique.

Ils entendent d'autres cris et une nouvelle cavalcade, tandis que le hurlement initial s'est transformé en un gémissement rauque et continu, mêlé d'éructations lancées dans un allemand guttural.

Sam et Sandra se regardent pendant que quelques balles s'écrasent sans conviction dans la pièce, et écoutent ce qu'ils espèrent être la fuite du dernier assaillant.

— Völner ? demande Sandra.

Sam hoche la tête.

— Je ne sais pas.

— Je vais voir, décide Sandra en se redressant.

— Non ! crie Sam.

Mais elle est déjà dehors et fouille des yeux la pièce dévastée à la recherche du corps de son ennemi. L'immense pièce est désertée et Völner gît à terre, derrière un fauteuil renversé. Ils se regardent un moment puis elle détourne la tête et examine la pièce autour d'elle.

Ça fait du dégât une fusillade, pense-t-elle fugacement en remarquant les tableaux tombés, les meubles renversés et cassés, les vitres brisées en larges morceaux coupants. Le sol est jonché d'éclats de verre et de douilles. Ça sent le chaud, la poudre, la cordite et le sang.

À cet instant un mouvement sur sa droite attire son attention, mais Sam sort au même moment de l'autre pièce, l'arme à la main et soutenant Nina.

— Sam, attention ! hurle-t-elle à l'instant précis où il tire en direction du mouvement qu'il a lui aussi perçu.

Encore deux rafales croisées, et c'est l'autre qui une fois encore prend la purée.

Les dieux sont ce jour-là avec les Justes.

Sandra regarde Sam et Nina approcher, puis reporte son attention sur Völner qui baigne dans son sang et ne crie plus. Son regard est voilé et il halète. Une mousse rosâtre baigne ses lèvres.

— Il va crever, dit doucement Nina penchée sur lui.

Sam et Sandra la regardent. Ce sont les premiers mots intelligibles qu'elle prononce. Elle lève les yeux vers eux et sourit.

— Moi, je vous dis qu'il va crever.

58

Fusil braqué devant lui, Sam sort dans la cour suivi de Nina que je soutiens. Elle est cassée, ma Nina. Ce sera long pour reprendre pied dans cette vie. J'en sais quelque chose.

Les deux blonds sont au premier rang des quelques employés qui se sont regroupés, épouvantés, en compagnie de celui qui ressemble à un Argentin. Je lève mon arme vers eux.

— Non, murmure Nina à mon oreille, ce sont aussi des victimes.

L'un des blonds s'avance vers moi.

— Nous ne voulions pas ça, dit-il. Moi et Ulrich on s'est fait piéger comme votre amie. Nous ne l'aurions pas laissé la tuer, je vous le jure. Et celui-là, dit-il en désignant le petit brun, il s'appelle Maurizio et a fait tout ce qu'il a pu pour empêcher ce boucher de Völner de torturer les deux hommes. Mais Völner était un monstre et les deux salopards qui ont été tués lui ressemblaient. Il faut me croire, madame, me dit-il gravement.

— Le fait d'adhérer un seul instant au mal fait de vous le même genre de monstre qu'eux, lui dis-je. Je vous laisse filer parce que mon amie le veut ainsi ; ça ne tiendrait qu'à moi, je vous livrerais à la police.

— Merci, madame. Nous allons enfin pouvoir quitter cet enfer.

— Qu'est-ce qui va se passer pour les trois macchabées à l'intérieur ? demande Sam, toujours responsable, même dans les pires moments.

— Nous nous en occupons, répond le blond. On vous doit bien ça.

— Et eux ? je demande en désignant la douzaine de femmes et d'enfants qui assistent interloqués à l'étrange dialogue.

— Ils trouveront un autre patron, répond le blond. Au fait, je m'appelle Hans et avec mon ami Ulrich nous venons d'Hambourg. Nous allons y retourner, nous ne sommes pas des nazis. Je suis content que vous ayez retrouvé Mrs Gutierez.

Je suis très partagée, mais le poids de Nina accrochée à mon épaule me rappelle qu'on a autre chose à faire qu'à discutailler et qu'il est grand temps de filer.

J'ignore quelle sera la réaction des employés de Völner quand ils découvriront en revenant des champs que leur patron est mort et qu'ils n'ont plus de travail. À parier que l'enfoiré-flic de Medanos ne tardera pas à rappliquer pour nous courir derrière.

Ça semble aussi être l'avis de Sam.

— Vous avez les clés de la Mercedes ? me demande-t-il.

— Près de la voiture.

On tourne le dos à la troupe et on sort de la propriété. Aucun de nous ne parle jusqu'à ce qu'on atteigne la Mercedes.

— Là, sous cette pierre, indiqué-je à Sam.

J'installe Nina à l'arrière. Elle a toujours le regard vide et les lèvres collées sur les dents. J'ignore ce qu'elle a pu subir dans cet infernal endroit et ne le saurai sans doute jamais. Elle devra enfouir les terreurs passées et les humiliations subies au plus profond d'elle-même pour pouvoir revivre. D'autres l'ont fait avant elle, tous n'ont pas réussi, mais moi, je serai là.

— Trois heures de route, lui dis-je, et on sera dans un pays civilisé, chez toi, à Buenos Aires. Et tu vas voir, je vais te faire connaître des gens épatants.

Elle me regarde de ses grands yeux sombres mais je ne suis pas sûre qu'elle me voit ni ne m'entend.

59

La mère de Sam nous regarde comme si nous sortions de l'enfer. On est chez la cousine, et Sam et moi venons de tout leur raconter.

— Il faut que vous quittiez le pays, dit Maria. Les autorités légales ne feront rien contre vous mais autant que vous ne soyez pas présents si jamais il y avait une enquête là-bas. Au fait... les Israéliens vous remercient.

— Qu'ils aillent se faire voir, dis-je.

— Ne dites pas ça, Sandra. Ils étaient ligotés. C'est dur à dire, mais c'est normal qu'ils privilégient leurs bonnes relations avec l'Argentine plutôt que la vie d'une femme qu'ils ne connaissaient pas. Mais nous sommes tous très contents pour Völner, même si nous aurions préféré un procès.

Je ne réponds pas. Mon propre pays n'a rien fait pour m'aider non plus. En fin de compte, le seul qui ait bougé c'est ce colonel girafe. Sans lui, peut-être que je n'aurais jamais retrouvé Nina. Et c'était le moins concerné. La vie est vraiment une tartine de merde.

La mère de Sam en profite pour glisser son grain de sel.

— En tout cas, mon fils, c'est la dernière fois que je voyage avec toi ! (Elle se tourne vers sa cousine.) Tu sais Maria, il y a quelques années, je l'ai rejoint à Paris où il avait été envoyé pour une enquête parce que je craignais que de se retrouver si longtemps seul dans un pays étranger soit trop pesant, eh bien j'ai failli me faire assassiner par un psychopathe, celui-là même que Sam devait arrêter[1] !

— Pas possible ! s'exclame Maria qui doit penser que sa cousine exagère.

— C'est pourtant vrai, dit Sam. Tu as raison, maman, reste donc chez toi la prochaine fois.

Je rentre à l'hôtel où j'ai laissé Nina. Ni au *Liberty* ni au *Hyatt*. Un hôtel que je nous ai choisi avec un jardin, des arbres, des fleurs et des oiseaux qui chantent toute la journée. Il nous fallait bien ça pour nous faire oublier les hommes. Il y a même un petit bâtard de ratier qui passe son temps à donner à Nina des cailloux qu'elle doit lui relancer.

Un médecin ami de Maria l'a examinée et a dit qu'elle souffrait d'un traumatisme psychologique grave mais qu'elle s'en remettrait avec beaucoup de patience et de repos.

Et d'amour, ai-je murmuré sans qu'il m'entende.

Je la trouve dans le jardin en train de feuilleter une revue en espagnol.

— Tu es magnifique, dis-je en l'embrassant. Je quitte Sam et sa mère, ils partent après-demain et moi, j'ai nos billets pour demain. Ça te va ?

— Tout me va, du moment que tu es avec moi, dit-elle en me prenant la main.

— Dis-moi, je dois appeler une des plus épatantes personnes que j'aie connue ici. Je lui ai promis de lui dire au revoir et je crois qu'à cette occasion tu pourras aussi retrouver quelqu'un qui t'est cher. Tu te sens de force ?

---

1. Voir *La Mort quelque part*, du même auteur, Éditions Viviane Hamy.

— Pourquoi pas ? Je serai contente de quitter ce pays sur un bon souvenir.

— Alors, je l'appelle.

Je fais le numéro de Mafalda et tombe sur son répondeur. Je lui dis que nous allons passer en fin de soirée Nina et moi et que nous espérons bien la trouver en compagnie de Carlos.

Nous restons dans le jardin le reste de l'après-midi à lire la presse locale, enfin Nina, et elle me dit que pas un canard ne parle de la mort de Völner et des deux autres. Profits et pertes. La fameuse politique de tous les États du monde.

Nina m'a appris qui étaient les deux salopards que nous avons descendus et elle m'a demandé aussi, en prenant beaucoup de précautions, qu'est-ce que ça me faisait d'avoir tué un homme.

— Un homme comme ce type ? Beaucoup de bien.

Ce n'est pas tout à fait vrai mais je ne lui ai pas dit. Ce n'est pas tout à fait vrai et je me demande bien pourquoi. Tant que je m'interrogerai ce sera bon signe.

Vers 7 heures, nous prenons un taxi pour aller chez Mafalda. Je ne lui ai pas dit que c'était une amie de Carlos. J'espère seulement que Mafalda aura eu le temps de le prévenir et qu'il sera là.

Nous partons le lendemain matin à 8 heures et c'est notre seule chance de les rencontrer une dernière fois.

Je frappe chez Mafalda et elle m'ouvre la porte. Elle nous regarde, surtout Nina, et enfin elle ouvre les bras. Je me précipite.

— Sandra, Sandra, je n'y croyais plus ! Alors c'est elle ? dit-elle en contemplant Nina.

Et elle la prend brusquement contre elle, avec la force que je lui connais, et Nina reste là, à me regarder par-dessus son épaule pendant que Mafalda lui caresse le visage comme on le fait à un gosse qu'on a cru perdu.

— Bon sang, quel souci elle nous a fait ! s'exclame-t-elle en repoussant Nina à bout de bras et en lui souriant. Moi, je savais qu'elle vous retrouverait, mais elle, ah, là, là, c'est bien une Américaine rationaliste qui ne croit que ce qu'elle voit ! (Elle se tourne vers moi.) Vous êtes une sacrée bonne femme, ma petite ! (Elle regarde Nina.) Et elle tient drôlement à vous ! C'est bien, il n'y a que l'amour dans la vie qui vaut le coup !

Elle nous installe dans son capharnaüm et va chercher une bouteille de vin qu'elle débouche sans nous quitter des yeux. Elle est heureuse, ça se voit, et pourtant il y a une ombre dans son regard que je ne m'explique pas.

Pendant qu'on boit, je lui raconte notre histoire de manière succincte en dissimulant la partie la plus grave. Je lui dis simplement qu'on a eu la chance de retrouver Nina et de la libérer sans casse.

Je ne comprends pas pourquoi elle ne parle pas de Carlos à Nina. Elle sait qu'ils sont amis et que j'espérais qu'il serait là.

Nina parle peu, elle se fatigue vite. À un moment elle demande la permission d'aller se rafraîchir dans la salle de bains.

— Alors, dis-je aussitôt à Mafalda, vous n'avez pas réussi à joindre Carlos ? Je voulais faire la surprise à Nina.

Mafalda, qui était en train de remplir mon verre, s'interrompt. Elle jette un œil dans la direction de la salle de bains, mais Nina y est toujours enfermée.

— Qu'est-ce qui se passe ? demandé-je.

Elle repose lentement la bouteille et sans me regarder, dit :

— Carlos et sa femme se sont suicidés avant-hier.
— Quoi !

Elle se lève et va vers la fenêtre. Je la rejoins et la tourne vers moi.

— Qu'est-ce qui s'est passé ?

Elle soupire et se mord les lèvres. Ses yeux se remplissent de larmes qu'elle retient. Mafalda n'est pas femme à pleurer.

— Les jumeaux, commence-t-elle en murmurant, les jumeaux que Carlos avait retrouvés, ses petits-fils...

— Et alors, ce n'étaient pas eux ?

— Si... si... et sa voix se brise. Si, c'était eux, mais quand ils les ont rencontrés, sa femme et lui, ils leur ont tourné le dos, même quand ils leur ont dit qu'ils étaient leurs grands-parents.

— Mais pourquoi, pourquoi ?

— Qu'est-ce que ces gosses savent de ce qui s'est passé ? Ils vivent dans une famille riche près du Rio de la Plata, ils ont tout ce qu'ils peuvent désirer. Ils aiment leurs parents, ce ne sont pas les bourreaux de leur fille, mais des gens qui les ont achetés. Ils n'ont pas voulu croire Carlos, et les parents les ont mis dehors.

— Mon dieu...

À cet instant, Nina sort de la salle de bains. Son visage est altéré, fatigué. Je sais qu'elle n'a pas entendu ce qu'a dit Mafalda, simplement elle est à bout de forces.

— On va vous laisser, dis-je à Mafalda, Nina est très fatiguée. Je vous en prie, rendez-nous visite à San Francisco, nous vous recevrons comme une reine.

— La reine des folles, répond Mafalda, la reine des Folles de Mai.

On a quitté Mafalda et ses espoirs, Mafalda et ses souvenirs.

Dans l'avion je me suis retournée une dernière fois sur cette ville où j'ai laissé une partie de moi-même.

On a survolé le Rio de la Plata et j'ai revu le beau visage de Carlos, si fatigué lui aussi.

L'avion a viré sur l'aile et j'ai regardé Nina assise toute droite dans son fauteuil et qui, elle, ne s'est pas retournée une seule fois, et j'ai pensé que pour accepter ce monde, il fallait vraiment ne rien avoir d'autre à faire.

DU MÊME AUTEUR

La Vie à fleur de terre, Denoël, 1990.
Un été pourri, Viviane Hamy, 1994.
La Mort quelque part, Viviane Hamy, 1995.
Le Festin de l'araignée, Viviane Hamy, 1996.
L'Étoile du Temple, Viviane Hamy, 1997.
Fin de parcours, Viviane Hamy, 1997.
Gémeaux, Viviane Hamy, 1998.
Les Cercles de l'Enfer, Flammarion, 1998.
Lâchez les chiens !, Flammarion, 1998.
L'Empreinte du nain, Flammarion, 1999.
La Mémoire du bourreau, Le Masque, 1999.
Groupe Tel Aviv, Le Masque, 1999.
Brouillard d'Écosse, Albin Michel, coll. Le Furet, 1999.

Du même auteur :

La Mémoire du bourreau

Anton Strübell n'a pas de remords. Si c'était à refaire, il le referait : il torturerait, exécuterait, déporterait. Il continue à croire, sans la moindre hésitation, que le Reich de Hitler allait régénérer l'humanité.

Réfugié en Syrie, c'est en toute sérénité d'âme qu'il entreprend d'enregistrer ses souvenirs, aidé par son fils aîné. L'Internet transmettra ensuite la « bonne parole » dans le monde entier...

Mais lorsque le fil de la confiance va se distendre et se rompre, lorsque son héritier, ébranlé par le récit de tant d'atrocités, va se rebeller jusqu'à renier ce père criminel, le vieillard – à son tour – descendra vers l'enfer...

Serait-il juste que les bourreaux aient droit à la paix de l'âme ?

IMPRIMÉ EN ALLEMAGNE PAR ELSNERDRUCK
Dépôt légal Éditeur : 19821-05/2002
LIBRAIRIE GÉNÉRALE FRANÇAISE - 43, quai de Grenelle - 75015 Paris

ISBN : 2 - 253 - 17236 - 7

31/7236/8